ミルクとピンクのエメラルド

Aya Yuzuki
弓月あや

CHARADE BUNKO

Illustration

蓮川愛

CONTENTS

ミルクとピンクのエメラルド —— 7

あとがき —— 208

Prologue

オメガと認定された時、唯央《いお》はまだ子供だった。けれど、幸福な人生を諦めた。
だって、ぼくオメガだもん。
唯央の口癖。なぜならオメガは、不浄の生き物。
誰からも疎まれる、醜いイキモノと罵られ続けてきたからだ。
不幸なことが起こると、仕方がないと思った。
自分はヒートが来れば男を咥《くわ》え込むオメガだと自嘲していた。
だけど愛《いと》しい存在ができて、初めて自分に価値があると思えた。
オメガでも、生きていていいのだと泣きなくなる。
その人に求められ愛されて、幸せで頭が蕩《とろ》けそうだった。
可愛《かわい》くて心臓が止まりそうになるような子供たち。何より愛おしい番《つがい》、アルヴィ。
この幸福を守るためならば、きっと自分は悪魔にだってなれる。
唯央の心の中にいつもある、グラスに満たされたミルクが揺れた。
愛する者を守るのだと、身体《からだ》の奥底で誰かが叫んでいる。
そして気がついた。叫んでいるのは誰あろう、自分。唯央自身だった。

1

「失礼いたします。唯央さま、アモルさまのミルクをお持ちしました」

新任ナニーのマチルダが、深々とお辞儀をしながら部屋に入る。

すると座っていた椅子から立ち上がったのは、唯央・双葉《ふたば》・クロエ。

「アモルのミルクだね。はいはい、ぼくがやるよ」

にこやかながら有無を言わせない調子で笑っている唯央に、マチルダは困ったように頭《かぶり》を振った。

「唯央さま、困ります」

「なんでなんで、なんで困るの。ぼくマチルダの邪魔をしちゃった？」

この屋敷に住む、一般人。いや、正確には唯一のオメガだった。

アモルとは唯央が産んだ、愛の結晶の名前だ。

（いや……愛の結晶とか、昔のぼくが聞いたら、間違いなく爆笑ものだけど）

奥の部屋に置かれた、金色の金具があしらわれたベビーベッドには、水色とピンクの肌触りのいい布団と、柔らかなガーゼのケット。

見ているだけで幸せな色合いと、なめらかな肌触り。

その真ん中には、ミルクの香りがする赤ん坊。

これはもう、奇跡と幸福のコンボだ。

唯央は、ほわほわした気持ちになった。

「絵に描いたみたいなザ・新生児ベッドが、なんて似合うんだろう……」

寝息を立てる赤ん坊はふわふわ産毛みたいな髪の毛。

以前ならば、ハゲじゃないの？　と疑ったところだ。

でも今は、この頼りない髪の毛すら、愛おしくてたまらないからだ。

「邪魔などと、とんでもございません。ですが奥方さまは、どうぞお休みになってくださいませ。赤ちゃんのお世話は、わたくしナニーの仕事でございます」

ナニーとして勤め始めて日が浅いマチルダは、恐縮しながらも言い張った。

それを聞いて唯央は小首を傾《かし》げている。

「食っちゃ寝ばっかしていると、健康によくないから」

「いいえ。食っちゃ寝ではなく、ご出産を終えて日が浅いのですから、療養です」

「でもぼく、寝てるの飽きるし。動いたほうが調子いいんだ。モップがけ得意だよ」

この辺でマチルダの忍耐がキレそうになる。セレブの奥方にモップがけをさせるなど、使用人の常識から言うと言語道断だからだ。

「いったい誰が唯央さまにモップなどかけさせるのですか」

「自分でやりたいから。ほら、埃《ほこり》って気がつかないうちに溜《た》まっていたりするし」

「そういう時はメイドをお呼びください」

「人を呼ぶより、自分でやっちゃったほうが早いからなぁ」

この会話の擦れ違い。目の前のマチルダが困り果てているのが、なぜわからないいか。

「ですが奥方さまがそう動かれましては、使用人の仕事がなくなります」

真っ赤な顔で言い返す彼女を、唯央はじっと見つめた。

「なんでございましょう」

「残念」

「は？」

「ぼく、奥方さまじゃないよ。オメガだもん」

「オメガでいらっしゃることは、存じております。ですが」

「ぼくはオメガで、アルファのアルヴィと番《つがい》になっただけ。奥さまなんかじゃない」

そこまで言ったところで奥の扉が開いて、小さな頭が覗《のぞ》いた。

「唯央ぉー」

四歳になったアウラは丸々とした幼児から、すらりとした綺麗《きれい》な子供になっていた。言葉もしっかりしてきたし、幼児語が減った。

（前は、おに、ちゃだったのに、今じゃ唯央だもん。成長するんだなぁ）

頼もしく、でも一抹の淋《さみ》しさを覚えながら、唯央は笑顔をつくる。

「はいはい、どうしたの」

「おやつはぁ？」

その言葉に、思わず微笑《ほほえ》みが浮かぶ。

成長したといっても、四歳の子供。まだまだ甘ったれ。

成長を淋しく思うなんて、ちょっと早計だったかなと笑った。

□□□

ここは　ヨーロッパの端にある小国、ベルンシュタイン公国。

唯央がいるのは、公宮殿の広大な領地の一角に建てられた、小さな屋敷。

唯央は、そこで暮らすベルンシュタイン公国の公世子であるアルファのアルヴィと番の誓いを結び、人生を歩んでいた。

ベルンシュタイン人の父と、日本人の母とのあいだに生まれた唯央。子供だった頃、病気にかかり、病院を受診した。その時にオメガと認定されたのだ。

この世界に新しい性が生まれたのは、それほど昔のことではない。

実直で、勤勉なベータ。

人口の大多数を占めるベータは平凡と言われるが、真面目《まじめ》な人物が多い。

選ばれし特権階級のアルファ。

彼らは極めて少数で、美貌と才能を兼ね備えた、傑物が多いのが特徴だ。

そしてアルファよりも数が少なく、特殊な性質を持つことから保護されるオメガ。

性別にかかわらず、子を宿すことができる。

番の子供を産むためだけに生を受け、定期的に発情する。年に数回、ヒートと言われる発情を迎え交尾する。まるで猫のように。

彼らは妊娠することを目的に、麝香《じやこう》のような匂いを発散させて、アルファやベータの男を誘惑する。

それゆえに疎まれ、差別されてきた。

だから、覚醒もしていないのにオメガと認定されてしまった子供の唯央に、世間は冷ややかだった。

オメガの人権を尊重する今の時代と違って、以前は保守的だったからだ。

それまで唯央は両親と小さな一軒家で、質素ではあったが、幸福に暮らしていた。

だけどオメガと認定されると、周りの目が変わった。

周囲は唯央と遊ばないようにと、子供たちに言い含めた。

ヒートが来ると日常生活が送れなくなるのも、忌まわしいと疎まれた。

家族で力を合わせて頑張ろう。そう両親と唯央は励まし合った。

だが父が突然の事故で他界してしまう。

母は仕事を見つけると、働きながら女手ひとつで唯央を育ててくれたのだ。

しかし悪いことは重なり、母は身体を壊して、入院してしまった。

日本人の母にとって、ベルンシュタインは異国。夫は早世し、実家とは絶縁状態。

そして、子供はオメガ。

病気になっても致し方のない状況だ。

だが絶望の淵《ふち》にいた唯央の運命の歯車は、とんでもない方向に回り始めた。

母が入院していた病院で出逢《であ》ったアルファのアルヴィ。

彼は会ってすぐに言ったのだ。

『私を番の候補に入れてください』

何を言われたのかわからず、思わず訊《き》き返すと、彼はゆっくりと言い直す。

『私はあなたと、……唯央と番になりたいのです』

今まで聞いたこともないぐらい、甘く濡《ぬ》れた声。

その誘《いざな》いに導かれ、唯央の人生は大きく変わった。

アルファと番になり、蕩けるような快楽と種を与えられた。そして授かったのは、ありえないぐらい可愛い男の子。

名前はアモル。スペイン語で愛を指す言葉だ。

だが気づかなくてもいいことに、唯央は気づいてしまった。

アモルはスペイン語で愛という意味だが、ラテン語ではエロスという意味である。

名づけ親は、アルヴィだ。その意味を知って唯央は、うひゃあだった。

「普通さぁ。お父さんが我が子にエロスとか、つけるかなぁ」

床に敷かれたラグに、ぺったり座り込んだ唯央が、アモルにミルクを飲ませる。オメガは出産できても、授乳はできないから粉ミルクだ。

「エロスは確かに官能という意味が一般的ですが、アモルさまの場合は、愛の結晶とお考えになればよろしいのでは」

さくっと言われてなるほどと思いながら、彼女の言葉を聞いて真っ赤になる。

自分と変わらない年頃のお嬢さんに、愛とエロスを理路整然と説明されたからだ。

「あ、あ、愛の結晶って、結晶ってそんな」

しかしマチルダはまったく動じていない。

「恥ずかしいことではございませんわ。アルヴィさまと唯央さまの、大切なお子さまですもの。愛の結晶で間違いありません」

今度こそ唯央は、顔を真っ赤にして何も言えなくなってしまった。

自分がオメガだということは、彼女も知っている。

（それなのに、どうしてこうもまっすぐ見てくるのかなぁ……）

唯央が子供の頃、オメガは不浄の生き物と言われていた。差別的なことを言われるのは日常茶飯事だった。

そんな袋小路に似た境遇にいた唯央だったが、ここ十年ほどで、状況は一変する。

アルヴィは父親が大公を継承するずっと前から、オメガのために動いていた。

そのおかげで唯央が成長した時には、世間に受け入れてもらえることが多くなっていた。

オメガに対する理解が深まったのは、アルヴィの功績だ。

だからこそ、唯央は番としてアルヴィと結ばれても、国民に受け入れられていた。

「ねぇねぇ唯央。アモルのミルク、おわったぁ？」

赤ん坊の様子を窺《うかが》っているのは、アウラだ。小さな子なりに気を遣いながら、扉に隠れるような格好で、アモルを気にしている。

「うん、お腹いっぱいになって、今は寝てる。入っていいよ」

「アモルのベッド、いってもいい？」

「いいよ。起こさないよう、そーっとね」

唯央がそう言うとアウラは音を立てないよう、そーっと部屋に入ってきた。可愛い。

何をするのかと見ていると、ベビーベッドを覗き込みながら、何かを大真面目《おおまじめ》な顔で呟《つぶや》いている。

耳を澄ますと小さな声で「そーっとね、そーっとね」と言っていた。

ここで唯央の保護欲が、ギューッとウナギ上り。

(かわっ、かわっ、かわっ、……かわいいっ！)

まだ自分も小さいのに、赤ちゃんを慮《おもんぱか》る姿が、めちゃくちゃ可愛くて愛おしい。

いとけない姿に、仰《の》け反《ぞ》ってしまいそうになる。

(ちっちゃい子が、自分よりもちっちゃい子を気遣っているって、なんて可愛いんだろう！　あー、なんかもうハートにズキュンだっ！)

古くさい身悶《みもだ》えをしながら、なんとか平静を保つ。

「大丈夫。けっこう大きな音でも、ぐうぐう寝てるよ」

そう言ってやると安心したのか、アウラの口元に笑みが浮かんだ。

「そっかな。アモル、あかちゃんだもん。アウラ、おにちゃんだもんね」

その笑顔と健気《けなげ》な言葉に、唯央はまた身悶える。

(赤ちゃんだもんねって、自分だって変わらないじゃん！　やだもう、めっちゃくちゃ可愛いっ、大好きだなもうっ！)

ひとりでジタバタしていると、マチルダが「お可愛いですね」と声をかけてきた。

「うん、もう本当にすごい可愛い。もう可愛いしか言えないぐらい可愛い」

唯央の言葉が可笑《おか》しかったらしく、彼女はコロコロと笑った。

まだ若いのにナニーとして働く彼女は、唯央を気遣ってくれる。

彼女は、唯央の事情を知っていて、嫌ではないのだろうか。

「マチルダはさぁ、ぼくが、……ぼくがオメガで嫌じゃない？」

ぽつりと言葉が零《こぼ》れる。思わず下を向いてしまった。マチルダの顔が見られない。

マチルダは逆にまっすぐ唯央を見つめていた。

「存じ上げた上で、勤めさせていただいております。嫌と思うわけがございません」

さらっと言われて、アレレレレーである。むしろ肩すかしを食らった気持ちだ。

「気持ち悪くない？」

「わたくしベータですので、オメガの方と番になることはありませんし、気持ち悪いなどと思うはずもございません」

達観した言葉に、唯央はすがるような目をしてしまった。

それをどう思ったのか、マチルダの口から出たのは、思いがけない言葉だ。

「オメガの方は長年、差別されてきたと聞いております。……大変な思いをされていたんですね。おつらかったでしょう」

優しい言葉にグッときていると、彼女は凛《りん》とした声で言った。

「間違えてはならない。オメガは、ベータやアルファと同じく人の子である」

「え？」

唐突な言葉にびっくりしていると、マチルダは気恥ずかしそうに微笑んだ。

「アルヴィさまはずっと昔から、オメガを保護する活動をしていらっしゃいました。差別してはいけない。人として認めるのが当然のことなのだと」

以前も市場で聞いたことがあった。

アルヴィの父が大公になるずっと前から保護活動を続け、差別しないようにと地道に働きかけてくれたのだと。

マチルダは、自分たちもつい差別的なことを言ったり、からかったりしたと言った。しかし、そういうのが当然とされていた時代だから、仕方がなかったのだ。

「ぼく、前に市場で働いていたんけど、最初はいろいろ風当たりが強かったんだ。でも、初めてのヒートが終わって出勤したら、みんな理解してくれていたんだ」

「アルヴィさまの功績ですわ。公世子さまはボランティアとして学校を回り、幼い子供たちにも教えてくれたんです。どんな理由があろうと、人を裁く真似事をするなと」

「アルヴィが」

「はい。わたくしたちベータは、その言葉を聞いて育ちました」

（やばい、泣きそう）

唯央と会うずっと前から、あの人はオメガを救済してくれていた。

そんなことをしなくても、恵まれた境遇を享受し優雅に過ごしていればいいのに。

それなのに、自分から進んで唯央を助けてくれようとした。

だからこそ年若い年代のマチルダにも、その精神が引き継がれている。

「ご、ごめ……、なんか泣きが入る……」

「えぇ？」

とうとう涙が滲《にじ》んでくる。みっともないことこの上ない。しかし。

その時、とつぜんトントントンと手の甲を指先でつつかれた。

「唯央、あのねぇ」

アウラが、小首を傾げて唯央を見ている。

「ん？　どうしたの？」

「あのね、ぱぱの、てれび。はじまっちゃう、の」

その一言で、ハッと気づいた。

アルヴィが隣国ペルラ国の皇太子を空港まで迎えに出ている。

その様子がニュースで放映されるから、唯央とアウラは楽しみにしていたのだ。

「そうだっ、テレビテレビ！」

唯央はアウラを小脇にかかえると、テレビの前に突進した。

その唯央に、マチルダが素早くリモコンを差し出す。まさに連携プレー。

「ありがとう！」

「とんでもないことでございます」

アルヴィ登場に興奮している唯央とアウラとは裏腹に、彼女は淡々としている。

(プロだなぁ)

なんでも用事を言いつけてくださいと、言わんばかりのオーラ。

唯央は自分がご用聞きみたいな仕事をしていたから、それがどんなに大変なことか、わかっていた。

「唯央、テレビ」

そう言われて画面に目を移すと、ニュースが流れている。アウラ時報は正確だ。

『ペルラ国のスピネル皇太子は、今夕ラップを下りられました』

画面ではスーツを身に着けたニュースキャスターが、国賓の来訪を告げた。

「皇太子って、モデルみたいな人だねぇ」

クリーム色のスーツを着こなした隣国の皇太子は、整った容貌と見惚《みと》れるほどの体躯《たいく》に恵まれている人だった。そしてそれだけではない。

(金色の瞳……。この人もアルファだ)

画面に見入っていた唯央は、明るい声で現実に引き戻された。

「唯央！　ぱぱ！」

「ほんとだっ！」

この瞬間、唯央の眼中から皇太子はいなくなり、アルヴィだけになった。

黒のスーツに身をつつんだ彼は、惚《ほ》れ惚《ぼ》れするような男ぶり。何気ない服装なのに、どうしてこうも、目を奪われるのか。

（アルヴィ、カッコいい）

数時間前、出かける彼を見送った時と、寸分も変わらぬ姿だ。しかしテレビという媒体を通して見ているせいか、ものすごく姿が美しく見える。

（カッコいいって、頭が悪い言い回しだよね。もっと別の表現ないかなぁ）

「アウラ、パパをカッコいい以外の言葉で言うと、なんだろう」

うまい言い回しが思いつかず、情けないことに四歳児の知恵を借りることにする。

「うー……」

しばらく悩んだアウラは、ころんと転がった。そして。

「おしっぽ！」

実に四歳らしい答えを導き出した。

「うにゃー……」

寝かせていたアモルの声がした。その瞬間、アウラが両手で自分の口をふさいだ。

「アウラの声で起きたんじゃないよ。大丈夫」

唯央がそう言うと、目に見えてホッとした顔になった。

赤ちゃんが一人いるだけで、大人も子供も気が抜けない。大事に大事に、真綿でくるむようにして、宝物みたいに扱う。

でも当の赤ちゃんは傍若無人だ。抱っこしているだけでも、体力を使う。

四キロ近い重量とハンパない熱さの、専制君主。それが赤ちゃん。

理屈が通じない、熱の塊だ。

そして三時間おきに泣く。タイマーみたいに泣く。こちらが寝てても落ち込んでいても食事中でもバスタイムでも、泣く。

赤ちゃんはトイレタイムも容赦なく、おむつを綺麗にしても、新品のそこにまた、おしっこをする。悪意があるのかと思うぐらい、ひどい。

（世のお母さんは、こんな重労働をこなしているんだなぁ）

そういえばアルヴィは、おむつの交換も嫌がらない、できた人だ。

感心しつつも、つい訊いてみたくなった。

「マチルダはアルヴィを見て、どう思う？」

「恐れ多いことですが、いつも凛々《りり》しく、男らしくて、素敵な方です」

大公一家は、メディアに注目されている。その中でもアルヴィは、若い女性にも人気が高い。自分が褒められたみたいで、嬉《うれ》しくなる。

彼女の口からよどみなく出る褒め言葉。そんなのを聞いていると、自分の語彙力《ごいりょく》の乏しさが身に沁《し》みる。

だが今の唯央は、落ち込むより嬉しかった。

「ぼくもそう思う」

このぬけぬけとした態度。傍《はた》が困るぐらいの、アルヴィ至上主義。

でも仕方がない、惚れた弱みだ。

番にと求めてきたのはアルヴィのほうだけど、気がつけば彼に夢中になっている自分がいた。まさに初恋が実った、稀有《けう》な例。

（恋を自覚する前にヒートが来て、番になっちゃったけど）

あの時はむちゃくちゃ悩んだ。でも今はオメガであることに感謝している。

そうだ。でも。

毎日アルヴィと同じ屋敷の、同じ部屋で暮らしている。毎日、顔を見られる。もっと言うなら、ベッドも同じ。バスも一緒に入る。

アモルが生まれて、それ以上の接触がなくなってしまった。

これがオメガというイキモノなのだろうか。

アルヴィが好きなのに。ちょっとでも触れられると、ドキドキするのに。

（キスしかしないなんて、拷問かぁぁ）

……もしかして、これが倦怠期というやつか。

出産、授乳、育児。これらを一人で行うのは、戦争にも等しい。

殿方というものは、髪を振り乱して没頭する嫁に嫌気が差すのだと、子持ちのメイドから聞いたことがある。

無駄に耳年増になっているので、いらない知識は豊富にあった。

でもでも。

こうやって姿を見ていると、それだけでドキドキする。

今だってアルヴィが映るだけで、四歳児と一緒になって大騒ぎする始末だ。

(自分でも、おかしいと思う。だけど、見惚れちゃうぐらいカッコいいんだよねぇ)

「でもアルヴィさまも大変ですね。大公さまの代理が増えて」

彼女の言葉に、そうだねぇと頷《うなず》いた。

「本来であれば来賓のお出迎えは、大公殿下のお役目だもんね」

しかし数日前、とつぜんギックリ腰を患ってしまった。そのため医師にかかったのだが、念のために行った血液検査で引っかかってしまった。

大公殿下いわく、甘いものを食べすぎただけだと言うが、用心のための検査が課せられ、静養を兼ねて入院となった。

アルヴィは大公殿下の代理で、いろいろ忙しくなってしまった。

「アウラは皇太子さまを、カッコいいって思う?」

するると、ちびこは「んーん」と首を横に振る。

「ぱぱのほうが、カッコいい、もん」

きっぱり言うアウラに、唯央もすかさず「だよね！」と返す。

屈託なく出かける前の姿を思い返し、子供も唯央も、のろけが止まらない。

「黒の三《み》つ揃《ぞろ》いが、すっごく似合うんだよ！」

「ぱぱ、せかいでいちばん、くろ、にあうの」

「そうそう。黒カッコいいよね。でも、純白の大礼服も見惚れちゃうね！」

「ちゃうね！」

「アルヴィのほうが皇太子さまより、背が高くて胸板あるから、素敵なんだよ！」

「ちょうなの！」

この「ちょうなの！」は、蝶《ちょう》でも超でもない。幼児語で、『そうなの！』の意である。

アウラは自慢のパパを褒められ、ご機嫌でしゃべっていた。

「せぇ、たかいし。あし、こーんな、ながいの！」

「わかる！　こーんなだよね！」

二人して両手を広げるが、リーチが違いすぎてギャグにしか見えなかった。

「アウラも大きくなるよ。パパそっくりだもんね」

「アウラも、おっきくなったら、ぱぱ、みたくなるの？」

「そうだよ。パパは超絶美男子だし、お母さんもお美しい。きっと、ものすごくカッコいい大人になる」

このあどけない四歳児が、アルヴィみたいになる日がいつか来るのだ。

楽しみだ。ものすごく楽しみで仕方がない。

――――でも。

自分はその時、彼のそばにはいられないだろうけど。

唯央がしんみりしたその時、意外すぎる声が耳に入った。

「私のプリンスとプリンセスは、こんなところにいたんだね」

低い声が背後から響く。考えに耽《ふけ》りそうだった唯央は、ハッと振り向いた。

「アルヴィ！」

「ぱぱ！」

テレビでは中継として姿を映しているのに、当の本人が目の前にいる。なんともシュールな光景だった。

「どうして。これ中継だよね？」

「警備上の問題でね。多少ずらして放映しているんですよ」

「そうなんだ。でも、どうして帰ってきたの？　どこか具合でも」

「体調に問題はありません」

夜には歓迎の晩餐会《ばんさんかい》の予定。数時間の余裕がある。

もちろん着替えをしたり、ほかの仕事をしたり、人によっては休むこともある。そのために部屋も用意されていた。帰宅する理由はない。

「大切なあなたと、愛する我が子たちの顔を見たくて」

驚くようなことを言われて、びっくりした。

「ぼくの顔なんて、そんな……」

心情を吐露するのを照れくさいと思う男は多い。しかし目の前にいる人は違った。

「唯央に逢いたかった。ただいま」

さらりとアルヴィは言うと頬にキスをした。

たぶん屋敷にいられる時間は、そう長くないはずだ。その短い時間に仕事をするなり、身体を休めたりしたいはずなのに。

それなのに、一緒にいたいから逢いにきてくれた。

言葉に尽くせないほど、嬉しい。

「ぱぱぁー、アウラはぁー」

「おお、私のプリンス。もちろん、あなたの顔を見ただけで、疲れが吹き飛ぶよ」

おどけたように言ってから、アウラにもキス。

ずっと控えているマチルダは、深々と頭を垂れている。

「アルヴィはマチルダと話をしたこと、あったっけ？」

「採用は執事に一任していたから、話すのは初めてだ。はじめまして、マチルダ」

国民の信奉も厚い公世子に声をかけられて、彼女は硬直していた。唯央は苦笑しながら、改めて紹介する。

「マチルダ、アルヴィだよ。今テレビに映っているけど」

「アルヴィさま、お目にかかれて光栄です」

「こちらこそ。子供たちと唯央のことを、よろしく」

この時も彼女は平静だったが、あとで聞いてみると、心臓バクバクだったらしい。

その時、アモルが「うー」と声を出す。

「あっ、アモルがパパの声に気がついた」

ベッドに近づき抱き上げてやると、頬と手が熱い。まだ、おねむなのだ。

「ではアモルさまに、おめざの白湯《さゆ》を差し上げてきます。アウラさまも、一緒にいかがですか？　とっても可愛らしくお飲みになるんですよ」

パパ至上主義のアウラだったが、同じくらい弟が大好きなので即答だ。

「いくっ」

「かしこまりました。それでは参りましょう」

彼女は片手でアモルを抱き上げ、もう片方の手でアウラと手をつなぐと、すたすた部屋を出ていった。その手際のよさに、唯央は驚くばかりだ。

「彼女、有能ですね」

「え？」

「私があなたと二人きりになりたいのを察してくれて、見事にアウラを言いくるめてくれたんですよ。すばらしい」

今度こそビックリだ。若い女性に、そんな気を遣われるなんて。

「えー、マチルダったら、そんな気配りを」

アルヴィは身を屈《かが》めると、さりげない動作で唯央にくちづけた。

素早い動きに目を見開いていると、艶冶《えんや》に微笑まれる。

「父の代理とはいえ公務ですから、気をゆるめるのはよくないのですが、どうにも気が重い相手でして」

「ペルラの皇太子……、名前は聞いたけど、忘れちゃった」

「スピネル。彼は学生時代、私の同級生で寮では同室でした」

「ベルンシュタインの学校？」

「いいえ。英国のパブリックスクールです」

映画でしか知らない世界のことを、さらりと言われた。

（映画みたい！　本当に行っていた人が、こんなに近くにいたなんて）

溜息《ためいき》しか出ない。唯央にとってパブリックスクールとは、映画やテレビの世界だ。

だがパブリックスクールは、どこも世界屈指の名門校。公世子のアルヴィにとっては、別に特別なことではないのだろう。

（当たり前だけど、住む世界がつくづく違う人だよなぁ）

ベルンシュタイン公国の公世子。未来の大公殿下。

そんな人と自分が番になれるなんて、奇跡でしかない。ましてや、その人の子供を産んだなんて、信じられない。

（どうして自分なんかが、アルヴィの番になれたんだろう）

そんなことを考えていると、胸に強く抱きしめられた。

「スピネルのことより、あなたの話が聞きたいです」

甘い声で囁《ささや》かれて、思わずうっとりしてしまう。

ヒートは何か月も先。別に発情していなくても、スキンシップは自由だ。でも恥ずかしい。恥ずかしいけれど。

「アルヴィ」

「なんですか？」

まっすぐ見つめられて、腰が引けそうになる。

こんな真っ昼間から、自分は何を言おうとしているんだろう。

でも。……でも。

一緒にいたい。もっと言うなら、抱きしめてほしい。

(キスして、いちゃいちゃしたい。……もっといろいろ、したい)

発情しないオメガが、彼を求めてもいいだろうか。

言葉にするのは、恥ずかしい。だけど、言わなきゃわからない。でも、どうやってこの想《おも》いを伝えたらいいのか、わからない。

唯央は無意識だったが、アルヴィの服の裾を握りしめていた。

「あの、ぼくのヒートは、とうぶん来ないと思うんだ。でもね、あの……」

思わず小さな声になってしまうのは、もちろん恥ずかしいから。

羞恥が極まって、これ以上は言葉が続かない。

オメガのヒートは性欲のためではなく、子孫繁栄のため。

だから発情が終わったら、もう番《つが》わなくてもいい理屈だった。でも、発情だけではなく、アルヴィが恋しいのだ。

それゆえに誘ってしまったが、これはは したないことだろうか。

恐々《こわごわ》と彼を見ると、意外なことを言われた。

「嬉しいな」

ふいに言われて顔を上げると、愛おしむ瞳に見つめられていた。

「今夜はスピネルとの晩餐会があるので、帰りが遅くなります。でも明日はゆっくりできる予定なので、一緒に過ごしましょう」

そう言うと、とつぜん唇をふさがれる。

さっきのキスなんて比べ物にならないぐらいの、熱いくちづけだった。

「ん、ん、んぅ……」

思わず洩《も》れたのは、恥ずかしいぐらい甘ったれた声。

アルヴィはさらに深くくちづけようと、角度を変えて唇を合わせてくる。

だけど甘やかな時間は、すぐに断ち切られる。

「アルヴィさま。そろそろお時間になります」

彼の側近であるエアネストの声が、扉の向こうから聞こえた。

唯央の身体がこわばった。もちろんアルヴィも同じだ。

彼はほんの数秒だけ無言だった。しかしすぐ唯央から唇は離れ、代わりのように額にキスをした。

「今、行く。少し待て」

「かしこまりました」

アルヴィは慈しむように唯央を抱きしめ、ギュッと力を強くした。

「迎えが来てしまった。ごめんなさい」

優しい声で謝罪を囁くのに、唯央は「ううん」と頭を振る。

「忙しいのは、わかってる。帰ってきてくれて、ありがとう」

そう言うと彼は唯央の額に、再び小さくくちづけた。だがすぐに身体を離すと、部屋から出ていってしまった。

その後ろ姿を見送っていた唯央は、フラフラ長椅子に座り込み溜息をつく。

アルヴィは、何も悪くない。謝る理由なんかない。

帰ってこられたのは、彼が無理をしたから。

でも無理をしてでも、唯央と子供たちの顔が見たかったと言ってもらえた。

嬉しい。飛び上がりたくなるぐらい、嬉しくて仕方がなかった。

幸せで幸せで幸せで――――こわい。

すきま風のような冷ややかさが、唯央の身体に吹いてくる。

その風の正体は、なんだろう。

けして強風ではない。静かに、しんしんと指先を冷たくする冷たさ。

ゆっくりと凍えていく恐怖。

静かに忍び寄る恐怖と、どう戦えばいいのだろう。

今の幸福は、きっと真実じゃない。

言うなれば、死の恐怖から逃れるために見る、甘美な夢に似ている。

唯央の心の中にあるグラス。
変哲もないグラスには、真っ白なミルクが、縁ぎりぎりまで満ちている。
そのミルクが揺れるたび、言い知れぬ不安で身体が揺れる。
まるで自分の身体が、大きく揺さぶられるみたいだった。

2

「アルヴィさま、まもなくお戻りでございます」

　唯央は執事の一声に、掃除をしていた手を止める。

「ハイハイっ、いま行きます！」

　自室の床にモップがけをしていた唯央は、掃除用具を大急ぎで片づける。マチルダに掃除をしていたことを知られたら、きっとまた怒られるだろう。

　しゃんと背筋を正して鏡を見ながら、パパパッと髪を整えた。

（帰ってきた。帰ってきた！）

　昨日は、くちづけをされたのに、無理やり現実に引き戻された。そして結局、アルヴィは隣国の皇太子を接待するために、一晩帰れなかった。

　唯央は個室を与えられていて、ベッドもある。だけど淋しくて、アルヴィの大きなベッドに寝っ転がり、ごろごろ彼の毛布にくるまった。

　アルヴィの香りに包まれていないと、ざわざわが治まらなかったからだ。

　たった一晩、逢えなかっただけ。なのに、ものすごく緊張している。

　なぜこんなに心が揺れているのだろう。

ふわふわしているのは、浮かれているからか。そう思いながらも、彼に逢える嬉しさに胸が弾む。気持ちは初デート前の十代だ。

（わー、何を話そう。ぼくは屋敷の中にいるから、話題が乏しいんだよね。やっぱアウラとアモルのことかな。でもなぁ）

昨日いきなり帰ってきて、すぐに戻ってしまってから、一日半ぶりの帰宅だ。

アルヴィは、きっと疲労困憊《ひろうこんぱい》しているだろうから、ゆっくり休みたいはずだ。まず、おかえりなさい。それを言ったら次は？

（その次。……次？　ご苦労さまって言うのも、なんか違う？　自分より目上の人って、ねぎらっちゃいけないんだっけ？　でもお疲れさまっていうのも違う気がする）

もう一度鏡を見て、洋服もチェック。ついでに頬をパンパンっとしておく。

（こうすると血色よく見えるっていうし。アレ？　これは日本の相撲取り組み前？）

母親が日本人のせいもあり、中途半端な知識だけはあった。

取りあえず身だしなみを整えて、階段に向かった。

踊り場から階下を見ると、アルヴィが屋敷の中に入ってくるところだ。大勢の使用人が並び、頭を下げている姿も目に入った。

彼はいつもと同じく姿勢がいいけれど、どこか疲れているようにも見える。

（こういう時、奥さんなら。……奥さんだったら、自然に出迎えできるんだろうなぁ）

唯央と出逢うずっと前、アルヴィは妻を亡くしていた。

アウラを産んだ母親だ。貴族の令嬢だったと、聞いたことがある。

美貌の彼女は、映画女優だったらしい。アルヴィに望まれて結婚し、愛らしい子供にも恵まれて、幸福な人生が約束されていると、誰もが思っていた。

でも運命は惨酷で、そんな彼女から全てを奪い、死を与えたのだ。

(ぼくみたいにマイナス山盛りスタートの人生と、何もかも満ち足りているのに、いきなり奪われてしまう人生の、どちらがいいのか)

以前アウラに言われた言葉がよみがえる。

(まま、これから、おつきさまになるのよって、ゆった)

のちに彼女の名が、ルーナと聞いて涙が出てしまった。

ルーナはイタリア語で月だ。

美しく聡明だった彼女は、その名の通り月になり、我が子を見守っている。

本当なら、月になんか、なりたくなかっただろう。

愛する夫とともに我が子を慈しみ、成長をその目で見ていたかったはずだ。

でも彼女の人生は、もう残りわずかだった。

だからこそルーナは自分が月になるのだと、幼い子に言い含めたのだ。

何があっても、ママはあなたのそばで、見守っていますよと。

まだ若く、幸福な人生を失う嘆きよりも、愛する子供を不安にさせないよう、彼女は月になると言った。

そこまで考えて、胸が苦しくなる。

……そんなにも深く、愛に満ちた人生が、あるなんて。

自分はどうだろう。愛する人たちのために、何ができるだろうか。

「唯央、そんなところでどうしたんです」

いつまでも踊り場で考えに耽っていると、階下から声をかけられた。アルヴィがまっすぐ、こちらを見ている。

「アルヴィ、おかえりなさーい」

「そんな遠くからの挨拶は、マナー違反ですよ。下りてきなさい」

お父さんみたいに注意されて、唯央は慌てて頭を下げる。

「はい、ごめんなさい。今、行きます」

素直に謝ってから、階段を下りた。

気持ち的には大好きな飼い主の元へ一直線に走る、わんこと同じだ。

（アルヴィが帰ってきた！　嬉しい、嬉しい！）

執事や使用人たちが見守る中、おかえりなさいを言おうとした。

（おかえりなさいのほかにも、何かねぎらいの言葉を。えぇと）

むむむと悩んだが、適当な答えが見つからない。だが、なぜか意外な言葉が閃《ひらめ》き、唇から勝手に零れ落ちた。

「おかえりなさい、あなた」

その瞬間、使用人たちが一斉に顔をふせた。

唯央はあれっ？ と考える。そして自分が何を言ったのか反芻《はんすう》して、蒼《あお》くなる。

(おかえりなさい、あなた。あなた。……あなた？)

静寂のあと、ものすごい爆音が聞こえた。唯央の心臓の音だ。

(いや。いやいやいや。待て。あなたって、奥さんがご亭主をねぎらう言葉であって、オメガがアルファに使う言葉じゃ、……ない)

鼓動は、ドキドキとか生易しい音ではない。

太鼓をドカドカ叩《たた》いている音に似ていた。

(な、な、なに、何を、ぼくは何なに何を口走ったぁっ！)

汗がザザーっと音を立てるみたいに、こめかみを流れる。

並んでアルヴィを迎え入れている使用人たちは、全員が顔をふせたままだ。

これはいわゆる『目を合わせてはいけない』というやつだろうか。

森の中で熊や狂犬に遭遇した時と、同じではないか。

(いつからぼくは、狂犬になったんだろう……)

視線を合わせたら、とたんに噛《か》みつく犬相手のような対応に泣きたくなった。ここは笑って誤魔化すしかない。そう覚悟を決めてアルヴィを見ると。

彼は微笑んでいた。

いつもの穏やかで、優しい笑みではない。

少年のような、満面の笑みだ。

「ただいま」

アルヴィはそう言うと唯央を引き寄せ、その額にキスをした。

「……っ！」

使用人たちの前では、一度としてこんなスキンシップはなかったのに。

硬直する唯央に、彼は優しい表情を浮かべていた。

「お茶にしましょう。おみやげがあるんです。あれ、アウラとアモルは？」

「二人とも夕飯が終わっててバスにも入って、今ごろ夢の中かな」

そう言うとアルヴィはちょっと困ったような顔をする。

「……やぁ、それは参った」

いつもの彼らしくない、ちょっと弱った声だった。

たぶん外で、いろいろあったのだ。だから我が子に触って、元気をチャージしたいのだろう。その気持ちは、なんとなくわかる。

幼児とか動物とか植物って、不思議とマイナス部分を吸い取ってくれるのだ。

ここは子供たちの寝室に行って、寝顔だけでも見せたほうがいいのか。

しばらく考えて、閃いた。

「あっ、そうだ！」

いいことを思いついて、思わず声が出てしまった。

もちろんアルヴィと、ついでに隣にいたエアネストが、怪訝《けげん》な顔をする。

「ちょっと待っててね、すぐ支度するから！」

□□□

唯央が思いついた、いいこと。

それは使用人たちに頼んで、温室にテーブルを用意してもらうことだった。

温室といっても窓を開放すれば、風通しはいい。

大きな長椅子にテーブル。温かいお茶と、ワインクーラーで冷やされたシャンパン。硝子《ガラス》の器に盛られた果物。ドルチェフォールスタンドに、サンドイッチやケーキやスナックといった、夕食というより軽食。

こんなメニューをとつぜん頼まれたシェフは、さすがに驚いてはいた。しかし、嫌な顔をしなかった。

　それどころか主人の好物を知り尽くしているシェフは、楽しそうにサーモンやパテなど皿に並べてくれている。

　アルヴィは酒に手をつけず、チャイを飲んだ。

「うまいお茶ですね」

「疲労回復にはカルダモン、クローブ、ジンジャー。それに蜂蜜。糖分も疲労に効くんだって」

　一人で生活していた時の、つけ焼刃の知識だ、しかし、それなりに役立つ。

「香りもいい。確かに疲れが取れる」

「暑い時は冷たい物ばかり飲んじゃうけど、身体を冷やしちゃ駄目っていうでしょう。だから、温かいお茶」

「なるほど。それに温室はいいですね。落ち着くな」

「ちょっとお疲れかと思って、緑のお席をご用意しました」

　おどけた調子で言うと、アルヴィは目を細め楽しそうに笑ってくれた。

「鋭いです」

「ぼくは肉体労働と頭脳労働のどっちかって言われたら、ぜったい肉体労働」

「ははぁ……」

「つき合いのない人たちが着飾って、パーティ会場にいるのって、すごく疲れそう。アルヴィ大変だったでしょう」

「ええ。気取っているけれど、腹の探り合いですからね。嫌なものですよ」

「アルヴィはハイソサエティな世界の人だけど、疲れる時もあるでしょ」

「いいえ。仕事ですから大丈夫。でも、心配してくれて嬉しいです。ありがとう」

長椅子に座る彼の隣に座って、チャイを飲んだ。甘くて香りがいい。

「お茶、おいしいね」

アルヴィに笑いかけると、困ったような顔で見つめられる。

「ぼく、変なこと言った?」

「日常という感じがして、とても好ましい」

「へ?」

「気負わなくていい楽さです。すごく可愛らしい笑顔で、見惚れてしまいました」

真っ向から褒められて、なんと返していいかわからなくなる。

照れ隠しで、自分の膝をぽんぽん叩く。

「どうぞ。褒めてもらったお礼に、膝枕をさせていただきます」

急に畏《かしこ》まった口調の唯央に、アルヴィはとうとう噴き出した。

「何が始まったんですか」

このサプライズがめずらしかったのか、彼は目を見開いている。唯央はますます調子に乗って、自らの膝を指し示す。

「お疲れのご様子ですから、わたくしの膝を提供いたします」

「膝枕なんて、どこのスルタンですか」

「いいから、いいから」

気楽に言いながら、ふたたびぽんぽん。

これにはさすがのアルヴィも、困ったようだ。

「よくわからないけど、お言葉に甘えます」

唯央が言い出しっぺだが、本当にアルヴィは膝枕をされながら、長椅子に横になってしまった。無作法なこと、この上ない。

長い脚を持て余すようにして、ひじ掛けに乗っけている。

(ひゃー、行儀悪ーい)

しかし甘えられているみたいで、ちょっと嬉しい。

(こういう時ボディガードの人は、どう反応するのかな)

警護のため温室の扉前に、エアネストが立っているのが硝子越しに見える。

この事態をどう思っているのかハラハラしたが、彼らはまったくの無表情だし、そもそもこちらを見ずに、前を向いたままだった。

たぶん主人の戯《たわむ》れなど、目に入れないようにしているのだろう。

「うん。いい気持ちです」

「よかった。ずっと気を張り続けていたでしょう。お疲れさまでした」

「違います」

横になったままの彼は手を伸ばして、唯央の頬に触れてくる。

されるがまま、彼の掌《てのひら》に頬を擦りつけた。

「何が違うの？」

「私にとっての夜会や晩餐会などは、子供の頃からの義務だから、慣れています。疲れたのは、面倒な男に会ったからです」

「あー……」

件《くだん》の皇太子のことだ。

いつもは引きずらない性格のアルヴィだが、よほど煩らわしかったのだろう。

「そうだね、お疲れさま」

「早く帰りたかった」

ふだんは絶対に言わないことを呟かれて、なんと答えるべきか戸惑った。

ご本人は別に答えがなくても、構わないようだ。

「家に戻って、きみを抱きしめる。それからアウラとアモル。二人にキスをして、今日は何があったか聞く。たぶん、他愛ない話でしょう。でも、それがいいんです」

「そういえば、アウラの身長がまた伸びました」

「それは朗報だ」

「そうかなぁ。ぼくは、ちっちゃいアウラ派なんだけど」

そう言うと笑われてしまった。

「私もそうでした」

「え？」

「三歳から四歳ぐらいまでは、アウラと同じように小さめで丸々としていたけど、ある時から、ぐんぐん身長が伸び始めたんです」

「……ぐんぐん？」

「ええ。ぐんぐんと。小さいもの好きな母が、かなり嘆いたそうです」

アルヴィの母である妃《きさき》とは、何度も話をしたことがある。彼女は可愛いものや小さき生き物を偏愛しており、アウラやアモルのことも、溺愛しまくっていた。

「じゃあ、お妃さまは、ずいぶん気落ちされたのでは」

「通常は我が子の成長を喜ぶものですが、母は真逆でした」

「真逆？」

「幼い私をかき抱き、これ以上は大きくなっては駄目よと、呪文を唱える魔女みたいに、囁いていました」

「マニアックだね」

「小さくな〜れ小さくな〜れ。あの恐ろしい声は、今でも耳にこびりついています」

美貌の妃が、我が子が大きくならないよう呪いをかけていた。

恐ろしく可笑しい話だった。

「でも気持ちはわかるな。ぼくだって最愛のアウラが身長百八十五センチになったら、かなりつらい。生きていけない」

アルヴィはさすがに、唯央の生きていけない発言には引いていたようだ。

だが、唯央にとっては重大な問題だった。

父アルヴィが長身だし、亡き妃も、すらりとした背丈の美女だった。そんな両親から生まれた子供が、低身長なわけがない。

「ぼくの可愛い、ちっちゃなアウラが、こんなに大きくなっちゃうのか……」

『こんなに大きくなっちゃうのか』と言いながら、アルヴィの脚を見つめている。

喜ばしい子供の成長を、ここまで嘆く親がいるだろうか。

とうとうアルヴィは噴き出してしまった。

「こんなになっちゃう、ですか。それはひどい」

「あー、ごめんなさい。そういうつもりじゃ」

言い繕おうとすると彼は素早く身体を起こし、唯央の頬にチュッと音を立ててキスをして、また同じ体勢に寝っ転がる。

まるで、学生が教師の目を盗んでする、そんな幼いキスだ。

あまりの早業に、準備もできなかった。

「アルヴィ……」

「きみがいてくれて私の人生は、煌めく宝石みたいです」

熱く囁かれて、頬が熱くなる。

唯央のほうこそ、ずっと抑圧されていた暮らしから、この屋敷に来られて、夢のような生活を送らせてもらっている。

「今の暮らしが幸せすぎて、ちょっと怖い」

「今の生活に、満足されてますか？」

「はい。使用人さんたちが、皆、優しくて穏やかに接してくれるから、なんのストレスもないです。ごはんは困らないし、ガスも水道も止まらない」

「……それは当たり前の生活ですよ？」

戸惑ったように言われて、自分の底辺生活を晒《さら》してしまったと真っ赤になった。

（しまった。料金未払いでガスが止まったとか、言ってなかったんだ）

「ううん！　うち、水道が止まったことだけはないです。水は生命線だから、滞納しても最後の最後まで止めないって聞きました！」

　ハッと気づくと、微妙な空気になっていた。

「え、えぇと。うち、貧乏だったから、イロイロありまして……」

（ひゃ～、恥ずかしい。赤裸々な話をしてしまった）

　アルヴィとアウラ、そしてアモルの三人で暮らせること。

アルヴィが痛ましい表情で自分を見ているので、これはマズイと思った。

彼はとても優しい人だから、こういう話をすると心を痛めるのだ。

（うーん。こんな時こそアウラがいてくれると、場が和むんだよね）

　いつもアウラの存在は、微笑ましい。

　屋敷の庭にモグラちゃんがいただの、マチルダが部屋でコケただの、唯央が焼いたケーキがおいしかっただの、なんの役にも立たない、とりとめのない話。

　でも聞いていると、いつも笑顔になってしまう、他愛ない出来事。

　アルヴィは面倒がらず、穏やかな顔で聞いてやっていた。

　そういえば亡き父も帰宅すると、まっすぐにベビーベッドへ直行していたと、母が言っていたのを思い出した。

『お父さんが帰ってくる時間には、あなたはもう寝ているでしょう。だからよく、お前はいいなぁ、一日ずっと赤ん坊と一緒にいられて、ですって』

母は楽しそうに語っていたことを思い出す。

「子育てで疲れている時に、お前はいいなとか言われると、ムカつくだろうな」

「なんですか、急に」

思わず呟いたので笑われたが、母の気持ちは、わからなくもない。

「アルヴィもパパだなぁって」

意味がわからないと首を傾げる彼に、自分の父親の話をする。

「お父さまの気持ち、お母さまの気持ち、よくわかります。とにかく、子供たちは天使だ」

アルヴィはそう囁くと、無言になってしまった。

しばらくそのままだったが、どうしたのかと思って顔を覗き込む。すると彼は瞼《まぶた》を閉じて、安らかな寝息を立てていた。

「……寝てる」

なんとも綺麗な顔で、すやすや眠っているのだ。

外でつねに神経をすり減らしているアルヴィには、こんな時間が必要かもしれない。

アルファのアルヴィと、オメガの唯央。

二人は出逢うべくして、巡り合った。

オメガはヒートが来たら相手構わず欲情し、アルファに選ばれるか、そばに居合わせたアルファと、適当に番となり子を産み落とすのが、当たり前だった。

一昔前まで、そんな非人道的な出産が、まかり通っていたからだ。

確かにヒートと呼ばれる発情期は、仕事も生活も手につかない。十日前後は家に閉じこもり、その波をやりすごす必要があるので、厄介者扱いをされてきた。

でも時代は変わってきている。

オメガにも相手を選ぶ、当然の権利がある。

幸福になってもいいのだ。

オメガたちが迫害されるのは当然などという、古い誤った知識を振りかざしていては、笑われてしまう。

その正しい知識は数年前から、当たり前のことと言われていた。

ヒートが来て抑制できなくなったら、誰かと番になるかもしれない。

その相手が誰かわからない恐怖。

見ず知らずのアルファと、番にならなくてはいけない恐怖。

だからこそ唯央は、自分は誰とも番になどならないと、ずっと決めていた。でも。

あの日、テレビに映った白馬の騎士。

真っ白な大礼服に身を包んだ彼を見た瞬間、恋に堕《お》ちた。

最初はもちろん、恋だ愛だなんて気づけなかった。

運命の番かどうかも、わからなかった。

華やかな世界が当たり前の、美貌の公世子。でも、それだけではない。

彼には秘密がある。

美しい豹《ひょう》へと変貌する。尊き血の継承者。

黒い豹であるということは親族と、数人の限られた侍従や従者しか知らない。

アルヴィが黒豹へ変貌した時のことを、唯央は一生、忘れることはないだろう。

あの圧倒的な力を持つ、漆黒の美獣神がアルヴィだった時の驚き。

そして、驚愕《きょうがく》以上の喜び。

怖さも、怯《おび》えもなかった。あの美しい黒豹がアルヴィ。唯央を愛してくれる、唯一無二のアルファだから。

こうして自分の膝で眠る姿を見ても、愛おしさしかない。

「ゆっくり休んでね、アルヴィ……」

身を屈めて、彼の額にキスをする。

我が子を慈しむのと同じ、愛に満ちたくちづけだった。

□□□

時刻は二時すぎ。マチルダが子供たちを庭で遊ばせてくれているので、一週間ぶりに母の優香《ゆうか》に連絡を取ってみる。

受話器からは、思っていたよりも、元気な声が聞こえてきた。

『唯央、ちゃんと食べてる？　毎日、八時間は寝ているの？　産後は無理すると、あとあと響くから、無理しないでよ』

母親が我が子へかける言葉は、たぶん万国共通だ。そしていつも判で押したように、同じことのくり返しだった。

食べてるの？　寝ているの？　お金に困っていないの？

そんなことを言ってくれるのは、全世界で母親だけ。

面倒さと、ありがたさが入り混じった、くすぐったさ。

「ぼく、自分のことは自分でやりたいタチだし。人に甘えるのも苦手だもん。でも、ちゃんと食べているし、寝ているから大丈夫」

『あなたのことだから、ナニーさんに迷惑かけたくないとか、考えるでしょう。殿下が気遣ってくださるのだから、甘えて、ちゃんと休みなさい』

母だって一年前は寝たきりで、一時は命さえ危ぶまれていたのに。

父が亡くなってから、ずっと無理していたのも病気の原因の一つだろう。

長い闘病生活を送っていたが、貧困から治療もままならなかった。

もうだめかと思われていた母は、アルヴィの手配で先進医療を受けることができた。

何もかも、彼のおかげだ。

今では月に二回の受診と投薬だけで、ほぼ日常生活に戻っている。

「出産から、もう三か月も経《た》っているんだよ。なんなら家に帰ってみせようか」

『結構です』

「ひっどい。里帰りとか自由なんだよ」

『家で何かあったら、殿下に申し訳が立たないわ。あなたはお屋敷から出ないで、でーんと構えてなさい』

「でーん？　何それ」

絵面を想像して、思わず笑った。

『でもアモルちゃんには、ちょくちょく会いたいわ。もちろんアウラちゃんにも。二人とも、また大きくなったでしょうね』

「うん。特にアモルは、むちむちだよ」

『むちむち！　たまらないわ！』

母は、こよなく赤ん坊を愛する。今も話を聞いただけで、受話器の向こうで身悶えているのだろう。容易に想像がついた。

自分だって子育てで苦労したはずだ。なぜここまで赤ん坊が好きなのか。

適当に話を切り上げ、そっちこそ無理をしないでとお願いする。

元気そうに見えても、まだまだ病人に変わりはない。どうしても心配の種はつきなかった。でも明るい母の声が聞けて嬉しい。

笑いながら、くだらない話をする。こんな日々が、また訪れるなんて。

アルヴィと出逢ったのは、母が入院していた病院の中庭だ。

あの時、迷子になったアウラに遭遇しなければ、アルヴィと巡り合うこともなかった。

そうしたら、母と自分の人生は、どうなっていただろう。

「じゃあ、また電話するね。身体に気をつけて。うん、またね」

電話を切ったその時。ふと甘い香りがすることに気づいた。

(甘い香り)

部屋に花なんか、飾ってあったか。

(なんだか覚えのある香りだなぁ。なんだっけ、これ)

香りがどんどん強くなってくる。息苦しくて、窓を開けようとした。

その時、手がすべってテーブルの上にあったカップを落としてしまった。

割れる陶器。だけど、砕けた音が聞こえない。

（あれ？）

どうして何も、聞こえないのだろう。

だが唯央は、音がしない不思議さよりも、じりじりするような感覚と、焼かれるような熱さに気を取られていた。

（暑いなぁ）

ふだんの唯央ならば、ぜったいにありえない感じ方だった。

だけど、それが不思議と思えなかった。

（イヤな暑さ。空調が効いていないのかな。もしかして、ぼく熱があるのかも）

のろのろと緩慢な動きしかできない。どうしたのだろう。

（取りあえず窓を開けて、空気を入れかえてから熱でも測ろうかな）

そんなことを考えていたその時、膝から力が抜けた。

そのまま床に膝をつく。立てない。身体に力が入らない。

しまった。早く立ち上がらなくては。

だが身体が動かない。膝だけでなく、両手も床についてしまっていた。

四《よ》つん這《ば》いの、みっともない格好。それなのに、立ち上がれなかった。

（変だなぁ。立てないなぁ。――へん、だ、なぁ）

早く立とう。庭で遊んでいるアウラとアモルが、屋敷に戻ってくる。早く立って、子供たちを迎え入れてあげなくては。

だけど立ち上がることはできなかった。

(あつい。あつい。……あつい?)

この感覚には、覚えがあった。

(あついって、なんだっけ。部屋の中が甘ったるい匂いがする。あつい。あつい)

息が切れてくる。両手と膝が、床から離れない。どうして。

そうだ、これは。

「ヒート……っ」

出産したから、ヒートが来るのはずっと先だと、医師に言われていた。中には出産を終えると、もうヒートが来なくなるオメガもいるらしい。

これは女性の身体と同じで、個体差があるという。

頭では理解していても、まさか自分の身に降りかかってくるとは、思わなかった。

「ちょっと待ってよ、……勘弁して……っ」

とうとう床に倒れ込んでしまった。人を呼ぶこともできない。

身体をジリジリ焼かれるみたいな、淫らな熱さ。

もうじき自分は、わけがわからなくなる。

男の種が欲しくて、いやらしく泣き叫ぶのだ。

番が欲しい、種が欲しいと、淫らに泣く惨めさ。

その甘美な身悶えに、また囚《とら》われる。

(誰か、誰か呼ばなくちゃ。アウラを部屋に入れたくない。立て。立って内線で誰かを呼んで、ヒートが起こったと伝えなくては……)

身体が焼けるみたいに熱い。

発情した自分の醜い姿を、愛する子供に見られたくない。

早く、早く誰かを呼ばなくちゃ。

(誰か……っ)

なんとか床を這おうとして、あるものが目に入る。

靴。

ぴかぴかに磨かれた、最高級の紳士靴だ。

(誰だろう。……誰だろう)

誰でもいい。自分を助けてくれるなら、誰でもいいと唯央は思った。

信じられないぐらい、身体が熱くなっている。汗が床にしたたり落ちる。

その汗から、濃厚な麝香の香りが立ち上る。

「誰か、……誰か、誰、か……」

目の前の革靴にすがりついた。

そのとたん、言いようのない高揚感に飲み込まれる。

もう駄目だ。すぐに自分は理性を失う。種をもらうことしか、考えられなくなる。

卑しいオメガになり果てる。

「た、すけ、……てぇ」

甘ったるい声。熱い吐息。頭の中で羽音が鳴っていた。

うわぁぁんと唸《うな》るみたいな、粘つく音だ。

でもそれは羽根の音などではなく、荒くなった自分の呼吸だった。

「苦しそうですね」

優しい声がした。誰だろう。誰でもいい。助けて。

「子供たちを、あの子たちを、ここに、近づけない、でぇ……」

いやらしく涎《よだれ》を垂らす自分の姿を、愛おしい子らに見せないでくれ。

途切れ途切れにそう懇願すると、「大丈夫」という声が聞こえた。

「あの子たちはマチルダが子供部屋に連れていきました。安心して」

神の啓示みたいな言葉に感激して、目の前に見える靴に何度もくちづけた。

磨き抜かれた革靴が、まるで宝石に見えた。

「ああ……。ありがとうございます、ありが、とう……っ」

朦朧《もうろう》としながら、よく磨かれた靴の匂いを吸い込む。

正気ならば革の匂いを、芳香とは感じない。ただの革靴の匂いだ。

だけどヒートの高揚が、自分を違うイキモノにしていた。

誰かの靴は、とてつもなく甘かった。

「あなたが心配するのは、子供たちのことばかりだ」

冷静な声が、唯央の皮膚を撫《な》でるみたいだ。とたんにゾクゾクと震えが走る。

「番のことは、頭にないみたいですね」

男は床に片膝をついて、唯央の顔を覗き込んでくる。

吐息が洩れる。目尻から涙が零れた。もう何も考えられない。

「おねが、い。おねがい……っ、種が、ほしい」

「種なら、なんでもいいように聞こえますね」

優しい声で囁かれて、何回も頭を振る。

「ちが、ちがう。アルヴィじゃなきゃ、いやだ……」

「本当に？　ほかのアルファに同じ媚《こび》を売ったら、承知しませんよ」

ありえない。そんなこと、絶対にありえない。

必死で頭を振ると、あふれていた涙が飛び散った。

「ほかのアルファなんていらない。アルヴィだけ。アルヴィの種だけ、ほしい……」

懇願すると、男の笑う気配がした。

顔を上げると、誰よりも恋しい人の、整った風貌がそこにあった。

「よかった。私のことは憶《おぼ》えていたんですね」

無意識のうちに呼んだ名前のおかげで、張りつめていた空気がゆるむ。

「もう頭の中が蕩けて、何も考えられなくなっているのでしょう」

大きな手が唯央の頬を支え、そっとくちづけてくる。

「部屋の中が麝香の香りで、むせ返りそうだ。――たまらない」

突然やってきた一年ぶりのヒートは、煮詰めたチョコートみたいだ。

その感覚はすごく苦くて、くるくる弧《こ》を描いて落ちていくみたい。

甘くて苦《にが》くて、どろどろに溶けてしまいそうだった。

3

アルヴィは、いつも優しくて唯央を安心させてくれる。

でも抱き合っていると、心と身体が高揚して、不思議な気持ちだ。

自分がどこか遠くに飛ばされるような、そんな感じになってしまうのだ。

「あぁ、あぁ、あぁぁ……っ」

ぐずぐずに蕩けた、チョコレートを潰したみたい。

唯央の脳裏に、崩れた果肉を潰しているような、極彩色の幻影が見える。

甘ったるい匂いと、いやらしい音が響いている。

乱されてめちゃくちゃになって、狂わされていく。

熱くなった身体から汗が滲み、甘ったるい匂いが立ち込める。オメガが発する麝香の香りだ。これが男を狂わせる。

「あ、はぁ……っ」

横たわったアルヴィの身体に跨《また》がり、いやらしく腰をくねらせた。

蜜の壺《つぼ》を、硬くて太い棒で捏《こ》ね回すみたいな音が響く。

身体の奥深くに、種つけをしてもらうためだ。

「あ、あぁ、もっと動いて。突いて、いっぱい、もっとぉ……っ」

濡《ぬ》れた淫靡《いんび》な音が、頭の中をかき回す。それが、すごくよかった。

「まだだめ。もっと腰を動かしなさい。もっと気持ちよくなって、私から種を搾り取るんだ。そうしなくては、赤ん坊は授からない」

そう言われて、唯央の動きが止まる。

「種、種をください。僕の中に、ぶち撒《ま》けてぇ……っ」

いやらしく腰をくねらせて、卑猥《ひわい》な言葉を喚《わめ》き散らす。浅ましい、淫らな化け物。

それを考えると恥ずかしい。

おぞましい。

悲しい。

汚らしい。

でも、自分は孤独なオメガじゃない。受け止めてくれるアルヴィがいる。

どんなに妄《みだ》りがわしくても、愚かでも、浅ましくても、この人は抱きしめて、放さないでいてくれる。

だから淫らになって、男の種を享受していい。

それがオメガの役割なのだから。

「もっと、もっと抉《えぐ》って……」

はしたない声が響いたけれど、アルヴィは眉をひそめたりしない。

ただ唇の端を上げて、微笑んでいるだけだ。

「ほら、もっと踊ってごらんなさい。あなたの淫蕩な姿は、たまらない」

愉悦に乱れることもない彼は、まるで余裕だ。反対に自分は、色に溺れたみたいに腰を振って喘《あえ》いでいる。

でも、それがいい。

もっと淫らになりたい。そしてアルヴィの種を受け止めたい。

そうしたら、また赤ん坊ができる。

嬉しい。今度は、どんな子だろう。

オメガでもアルファでも、ベータだっていい。きっと可愛くて、おしゃまで、唯央の宝物になることに間違いはない。

「アルヴィとの、赤ちゃん、嬉し……っ」

つい声に出してしまうと、恥ずかしくて頬が赤くなる。

彼も嬉しそうに目を細め、手を伸ばして唯央の腕に触れてくる。

「ええ。種をあげましょうね。あなたによく似た、可愛い赤ん坊のために」

芯が崩れるみたいに、とろりと熱くなる。自分の体内に挿入された男の性器が、硬く反り上がっていくのがわかる。

「ひ、あ、気持ちいい、あああ……っ」

擦り上げられて敏感になった媚肉が、いやらしく男を締めつける。それが刺激になったのか、アルヴィが我慢ならないといった声を上げた。

「ああ、たまらないな……っ、一度、出させてもらうよ。いいね」

「いっぱい、いっぱい出して。種を撒いてぇ」

びくびくと痙攣《けいれん》して、身体の奥の性器を刺激した。

「ああ、いくぞ……っ」

二人は身体を震わせて、痙攣をくり返す。濃厚な精液が体内に散るのを、唯央は陶然と受け止める。たまらない恍惚《こうこつ》だった。

「あぁぁ……んぅ」

身体の奥が濡れて、熱いものがあふれるみたいだ。

自分はオメガのせいか、倒錯した悦《よろこ》びがあふれてくるのがわかった。

うっとりとアルヴィの種を受け止め、しばらく動かずにいる。だが、彼はすぐに起き上がって、唯央の身体を押し倒してしまった。

「あ……っ」

体内に男の性器を咥えたままだったので、刺激に声が出てしまう。

「まだヒートは治まっていないでしょう。さぁ、あなたが欲しがっていた男の性器です。

たくさん頬張ってください」

アルヴィはそう言うと唯央の膝裏に手を差し込み、大きく開いた。その拍子に先ほど受け止めた彼の精液が外にあふれ出す。

「だ、だめ、外に出さないでぇ……っ」

思わずアルヴィの身体を押しのけようとしたが、すぐに押さえつけられる。

「大丈夫。たくさんあげるから、もっといっぱい飲み込んで」

囁かれた言葉が、あまりにも卑猥に聞こえた。ぞくぞく震えてしまい、また精液が流れ出てしまう。

「やだ、やだ。種が、種があふれちゃうよぅ……っ」

「そうですね。大事な種を零さないよう、栓をしてあげましょう」

彼はそう言うと硬くて太いものを、唯央の狭い場所にめり込ませていく。

とたんに唇から甘い声が零れた。

「ひぁ、あ、あ、あああ……っ」

太い先端が埋め込まれると、あっという間に肉塊を飲み込んでしまった。

「あ————……っ、あ————……っ」

唯央は狂喜するみたいな声を上げて、男の性器を締めつけた。

「ああ、悪い子だ。そんなにぎゅうぎゅうにすると、せっかくあげた種がまた、あふれ出してしまいますよ」

「だ、だめ、だめぇ」

「では、もっと私を悦ばせなくてはなりませんね。さぁ、大きくお口を開けて、私の種を奥に植えつけなさい」

「も、もう、いっぱい、おなか、いっぱいぃ……っ」

「まだやめませんよ。種を出さなくては、赤ちゃんを授かれない。ああ、次の子供の名前は、何にしましょうね」

「あ、あ、赤ちゃん、赤ちゃんの、なま、え……」

うっとりと夢を見ようとした瞬間、アルヴィは唯央の膝を押し上げるようにして、深々と突き上げた。

「ああああ、ああああっ」

「今度は女の子かな。でも男の子もいい。三人の男の子が並んでいる姿は、可愛くて仕方がないですよ。そうでしょう?」

「あ、あひっ、あひぃ……っ、種、奥にもっとぉ」

閃光《せんこう》が弾《はじ》け飛ぶ。唇から妄りがわしい悲鳴が洩れたが、アルヴィは腰を穿《うが》ち続け、決して放してくれようとしない。

「ああ、気持ちいいんですね。すごく締めつけてくる。たまらない。唯央、もっと腰を動かして。もっと種を出しますからね」

「ああっ、ああっ、いく、いく、いっちゃう……っ」

身体の奥が濡れるみたいにして、どんどん快感に飲み込まれそうになる。

「く……っ、ああ、あなたが感じると、とたんに締めつけが強くなる。そんなに種が欲しいんですね。貪欲な身体だ」

そのとおり。オメガは貪れるだけ貪って、種をせしめるイキモノ。

「唯央、私のことが好き？　もし種つけができなくなっても、好きでいてくれる？」

初めて聞く声音に目を見開くと、そこには唯央を責め続けながら、淋しい瞳をしたアルヴィの姿があった。

「私はあなたを愛しています。この綺麗な首筋に、傷痕《きずあと》を残したくなるぐらいに」

以前、彼は唯央の身体に傷を残したくないと言っていた。

「アルヴィなら、いい……」

無残な傷が生涯残るのは、痛ましいとも。

「唯央」

「アルヴィの傷を、つけられたい。一生、残る傷が欲しい。ねぇ、ねぇ……っ」

身体の奥に男を咥え込んだまま、熱に浮かされたようにねだった。

遠くない未来に、自分が彼の元から離れても。番を解消されたとしてもいい。彼の傷が欲しい。自分の血を貪ってほしい。

その痛みを想像しただけで、身体の奥がぬるりと濡れる。

「おねが、い……っ」

「この美しい首を汚す私は、最悪な男だ」

彼の舌が首筋を這《は》い、味を確かめるみたいに上下する。その刺激で、またしてもアルヴィの性器を締めつけてしまった。

「……男を、あおったな」

ふだん聞くことのない掠《かす》れた声が、唯央の欲情をまた刺激する。

「はやく、噛んで、……はやくぅ……っ」

身体の奥が、ぶわっと膨れた。アルヴィが興奮したのだ。

嬉しいと思った瞬間。首筋に鋭い痛みが走る、それがたまらなく感じた。

「ひぁ、あ、あああぁっ」

「うう……っ」

唯央が絶頂に震えたその時、身体の奥におびただしい量の種が放出される。

たまらない恍惚が襲ってきて、唯央の身体がびくびく震えた。

「唯央、ああ、私の唯央……」

ぬるりとしたものが、首筋から鎖骨に流れた。

ああ、血だ。
彼に嚙まれたから、痛みだけでない恍惚につつまれる。
ぼくはアルヴィのオメガ。誰のものでもない、アルヴィのオメガ。
心の中のミルクが満ちる。
たとえようもないぐらいの充足感が、身体の中に広がっていった。

4

唯央のヒートにつき合って、アルヴィも十日近く公務を休んでしまった。

申し訳なくて、海よりも深く反省しまくり、唯央はまだ寝台から出られずにいた。

(恥ずかしい。恥ずかしい、恥ずかしぃぃー)

くり返すのは、この言葉ひとつのみ。

しかも屋敷の中の使用人はもちろん、クレームもない。それが気を遣わせているということで、穴を掘って埋まりたくなる所以《ゆえん》だ。

「ヒートって一回の出産が終わったら当分、起きないってわけじゃないんだー」

そもそもオメガについての症例は数限りなくある一方、学説は少ない。

唯央だけが特別というわけでもないようだ。

「唯央さま。首の包帯を交換させていただきます」

マチルダがいそいそと手当てを申し出てくれた。

「え、でもナニーの仕事じゃないよね。ほかのメイドさんに頼むよ」

「いいえっ。わたくしが、ぜひ交換させていただきます」

「なんか変な言葉な気が……、まぁいいか。じゃあ、お願いします」

「かしこまりましたっ」

彼女は嬉しそうに言うと、慣れた手つきで包帯を外した。そして消毒をすると薬を塗って、また包帯。あっという間だった。

「首は苦しくありませんか」

「ううん、ぜんぜん。むしろ楽かな。ありがとう」

「いいえー。アルヴィさまの傷は、とても綺麗ですよ。ひどいアルファになると、ものすごく目立つように食いちぎるといいますし」

「ち、ちぎるって」

「所有欲なのかもしれませんが、わたくしは、わざと痛い思いをさせる方は嫌いです」

「そうだねー。痛みはそのうちなくなるけど、あんまりひどい傷は、つらいかな」

なんだかしんみりしてしまったので、取ってつけたように話題転換をする。

「でもさぁー、いきなりヒートが来て、二週間近くも寝室から出られないのって、ちょっとおかしいよね。変だよね。困っちゃうよね」

グズグズ愚痴ると、「いいえ」とはっきりした声がした。

「マチルダ？」

「屋敷の者は誰一人として唯央さまのことを、特異なものと考えておりません。ヒートは起こって当然の摂理です」

冷静に言われて、泣きたくなった。

周囲の理解が深ければ深いほど自分の駄目さが気になって、つい繰り言を口にしていた。だけど、これは情けないことなのだ。

「アウラ、中庭に行かない？」

誤魔化すように、長椅子に寝っ転がっている子に声をかけてみる。すると、ものすごくいい返事が返ってきた。

「行ぐっ」

行くではなく、『行ぐっ』の時は、期待度が異様に高いしるしだ。

手をつないだ唯央とアウラ。その後ろにアモルを抱っこしたマチルダが続く。四人が屋敷の廊下を歩いていると、急にアウラが唯央の手を振り切って、走り出した。

ここは中庭に下りる階段へ続いている。

しかしアウラの姿はない。唯央を置いて、さっさと下へ向かったのか。

とんでもない速さだ。しょうがないなぁと、唯央は階段に続く扉を開いた。

「アウラ、先に下りちゃったの？　階段を走ったら駄目だよって……」

小言を言いながら、慌てて扉を開けて追いかけた。

だが、そこで動きが硬直する。

青空が広がる中、眼下には中庭に敷かれた芝生の緑。そして、小さなアウラの人影。

それと、もう一つ。大きな動物がいた。

ユキヒョウといわれる白い豹だ。

「アウラさま……っ」

背後にいたマチルダが息を飲んだ。突然の豹の出現で、動きが固まっているのだ。

「マチルダ。すぐに引き返して中に入って。扉を閉めたら施錠するんだ」

「唯央さまっ」

「ぼくは大丈夫。アモルは任せた。よろしくね」

「どうなさるおつもりですか」

「マチルダは中に入ったら、すぐに一階へ行ってサロンの窓を開けて」

ちょうどアウラが立っている目の前に、サロンがあった。

「あの部屋の窓は大きいから、ぼくとアウラが飛び込むのにちょうどいい。で、ぼくたちが中に入ったら、すぐに閉めて。白豹が中に入らないようにね」

緊張を悟られたくなくて、明るい声で言った。

頭の中で必死に考えた。アモルとマチルダの安全と、一階にいるアウラの救助。

自分の安全は、取りあえず二の次、三の次。

「危険です。唯央さま、無茶なことはなさらないでください」

「わかってる。でも、ほかに手がないでしょ。早く行って」

「でも唯央さま」

「行けっ！」

鋭い声を出すと、彼女は弾かれたように建物の中に飛び込んだ。

すぐに鍵を閉める音が響く。これでアモルとマチルダは無事に離脱。

唯央は階段を下り、まっすぐにアウラへと近づいた。

「アウラ、今そっちに行くから、動かないでねー」

つとめて明るく言った。こちらに走ってきたら、豹は跳びかかるだろう。

（よく言うよね。山の中で熊と遭遇したら、走るな目を逸《そ》らすなって。いや、こっちは豹だけど、似たようなものだと思う）

「あ、絶対に豹に手を差し出しちゃダメだよ」

けして大きな声は出さない。これも熊対策と同じである。

ありがたいことに、アウラはとても落ち着いている。

白豹は子供に跳びかからない。餌《えさ》と認知していないなら、神に感謝だった。

風が吹いたその時、獣の匂いがした。これには覚えがある。

（アルヴィが黒豹に変化した時と、同じ匂いだ）

では、この白豹も、アルファの変化した姿なのか。

（それなら、殺されないかな。頼むから腕を嚙み切るとか、勘弁して）

中身が人間なら、友好的な関係になれるだろうか。

一縷《いちる》の望みに希望を見出すが、汗がこめかみを流れる。動悸《どうき》が激しい。

(油断して近づいてみるとやっぱり本物の豹で、食いつかれて腕とか持っていかれたら、嫌だなぁ。痛いのは駄目だし、それに)

――それに。

あの人が噛んでくれた首を、見も知らぬ奴に触れられたくない。

大切にしてくれたアルヴィにしか、この首は噛ませない。

「この首にもアウラにも、手出しさせない」

自分はただのオメガ。

なんの力もない、お金もない。番のアルファに首を噛まれたけれど、本当なら、いてもいなくても、どうでもいいオメガ。

自分の価値は、自分がいちばん知っている。

だけど、あの子には手出しはさせない。

可愛いアウラ。大好きなアルヴィと、今はもういない妃の、大切な一粒種。

(アウラは絶対に助ける)

自分なんかと比べ物にならないくらい、大事な子。

唯央を慕ってくれる、あの子が愛おしい。

(ぼくは死んでも、アウラだけは助けたい)

自分が産んだ子供じゃなくても、アウラのことが好きだ。可愛い。愛している。おしゃまで明るくて、あっけらかんとしながら、とても繊細。

義務があろうとなかろうと、アウラは我が子も同じ。

我が子を助けない親が、どこの世界にいるというのだ。

助けたい。一筋の傷もつけてたまるものか。

(手が震える。アルヴィがここにいてくれたら……)

つい彼に頼ろうとして、ダメだダメだと頭を振る。

(ぼくが、なんとかするんだ)

アルヴィと白豹は、同種の匂いがした。人間に変わる可能性はあるかもしれない。

とはいえ獣と化している状態で、道理が通用するだろうか。

確かに同じ匂い。でもアルヴィと同種とも言いきれない。

万が一、飛びかかってこられたら死ぬのは決定。アウラなんか丸飲みだろう。

ぐるぐる不安が過《よ》ぎったが、すぐに顔を上げる。

地上に下り「アウラ」と声をかけた。すると。

「あーい」

唯央の涙ぐましい決意とは裏腹の、なんとも呑気《のんき》な応えが返ってきた。その横顔には、怯えも恐れもない。

そして、ありがたいことに豹は、まったく身動きしていない。

「アウラ、大丈夫？」

「うん。アウラね、このこ、しってるの」

目の前に豹がいるのに、なんとも呑気な明るい声に、緊張感が崩れそうだ。

「……この子ぉ？」

この、とてつもなく大きな豹を、この子呼ばわりとは。

「ええと、この豹とアウラは友達？」

「んーん」

首を横に振られたが、友達でもないのに怖がらないものなのか。

「友達でないなら、なぜ知っているの」

「アウラと、おんなじだも。しってるも」

「知ってるも……、ってさぁ」

問い詰めそうになりながらも、どこか納得する自分がいた。

アウラ自身も豹化する。唯央には、まったくわからない世界線で生きているのだ。

彼らにしか知りえないつながりが、きっとあるのだ。

（しかし豹って、どうやって知り合うんだ）

張りつめた緊迫感が崩れそうになった瞬間、サロンのベランダ側の窓が開いた。

「唯央さま！」

ひそめた声はマチルダのものだ。その背後には、ボディガードの面々がいる。彼らは窓を大きく開いて、唯央とアウラを待っていた。

（あんなに広々と開いたら、豹も入ってきちゃうよ！）

マチルダやボディガードたちは、アウラやアルヴィが獣に変化《へんげ》することを知らないはずだ。ただ唯央たちを心配して、窓を大きく開いているのだ。

（急げ！）

唯央はいきなりダッシュすると、アウラの首根っこを摑《つか》み上げ、脇にかかえた。そして、今まで見せたことがない俊敏さで走り出す。

気分はラグビーかアメフト。もしくは宅配のお兄さんだ。

「あばばばばばばばばばばばば」

ガタガタ揺れるので、アウラの変な声が聞こえたが無視だ。

マチルダに子供を渡そうとした瞬間、唯央は袖ごと引っ張り込まれる。

「唯央さま、早く中へ入ってくださいっ、早く！」

誘導どおり、ベランダ窓へ飛び込んだ。アウラを庇《かば》うようにして転がり込む。

すぐに大きな音を立てて、窓が閉められる。

「……い、生きてる……っ」

そこにいた全員から、わぁっと歓声を上がった。

唯央はその嬉しそうな声を聞いて、現実に引き戻される。そして、抱きかかえたままのアウラを、力の限り抱きしめた。

「唯央、いたーいっ」

とたんにクレームが上がったが、知らんぷりしてギューギュー抱きしめてやる。

あったかい。

生きている証拠だ。

「よかった……、誰にもケガがなくて、よかった」

「ちゃうもん、アウラあたま、ぶっけたもん」

「ぶつけた？　そっか。ごめん、痛かったね。ごめんね。でも……よかったぁぁ」

「よくないぉっ」

「うん、うん。ごめんね。痛いの痛いの、飛んでけー」

半泣きでそう言ってから、ふたたびアウラの肩に顔を埋《うず》めた。

この愛し子に、ケガがなくてよかった。

アルヴィにとって、亡き妃にとって、かけがえのない大切な宝物。この子に万が一のことがなくてよかった。感謝しかない。

そんなことを考えていたら、涙があふれそうになるので、気合いで引っ込める。

だが、部屋の中の皆が優しい顔で迎えてくれることに、胸が熱くなる。

彼らだって、大きな豹を屋内に入れたら、自分たちも危険だとわかっている。

それでも窓を大きく開いて、唯央たちが中に入るのを見守ってくれた。緊急事態が起こったら、すぐに飛び出せるように構えていてくれた。

それが仕事だからと、皆が口をそろえて言うだろう。でも、中に飛び込んだ時の歓声は、きっと仕事じゃない。

無事でよかった。そんな喜びの声だ。

（や、ヤバい……）

限界までこらえていたのに、涙腺が壊れたみたいに涙があふれ出る。

「唯央さま……っ」

マチルダも目を潤ませながら、唯央とアウラにしがみついてくる。

周囲に目をやるとほかのボディガードたちは、窓に向かって警戒している。

「あの豹、どうなったんだ……」

唯央も身を起こすと、アウラを彼女に託して、窓へと目を向ける。

先ほどの白豹は、まっすぐにこちらを見ている。

だが唯央と目が合う寸前でフイッと顔を逸らし、スタスタと優雅に歩き出してしまった。

ボディガードたちは、すぐに部屋を出てあとを追いかける。

（あの子は、捕まらないだろうな）

唯央はそう思ったが、口には出さなかった。あれが獣人だと説明できないからだ。

黒豹のアルヴィとは違うけれど、優美さでは引けを取らない。豹は、人間なんかが敵《かな》う相手じゃない。

マチルダの元へ行き、抱きしめられているアウラを受け取った。

「アウラ、ケガはないね？」

「ないぉ！」

元気よく答えた子を、強く抱きしめる。

その身体は頼りなく小さい。同じ人間とは思えないぐらいだ。

「無事で、よかった……、本当によかった……っ」

アウラを抱きしめたままの格好で、ぽろぽろ涙が零れてくる。

「唯央ぉー……」

成長したので、もう『おに、ちゃ』とは言わなくなった。だけど子供しか出せない儚《はかな》い声で呼ばれるのが、唯央は好きだった。

「アウラさぁ、どうして最近、おに、ちゃ呼び、してくれないの」

「う？」

言う予定のなかった言葉が、唇から零れ落ちる。

焦ったが、すでに放たれた言葉は回収不可。恥ずかしいが、仕方がない。

「唯央？」

「おに、ちゃってアウラに呼ばれるの、ぼく好きだったのに」

ぎゅーっと抱っこした格好のまま、繰り言を続けた。すると小さな手が、ぎゅっと抱きしめてくれるではないか。

幼子を見ると、彼は困ったような顔をしている。

「だぁってぇ。アモルにはアウラが、おに、ちゃでしょ」

「そぅよぅ。だから唯央は唯央なの。あのね、じゅんばんなのよ」

「……まぁ、そうだね」

「順番？」

「アウラが、おに、ちゃ。つぎは、アモルがおに、ちゃ。そのつぎは、あたらしいこが、おに、ちゃなの。……の」

その瞬間、頭の中で何かが弾け飛ぶ。

成長すれば、次の世代を迎え入れなくてはならない。

前の世代とは別れが来る。成長、別離、あるいは死という別れだ。

淋しくても変わらないと、いけないいんだよ。

唯央には、そう聞こえた。そうだ。変わらなくてはならない。

それが摂理だ。

「アウラ……」

思わず涙目で幼子を見ると、彼は優しい顔をしていた。

「唯央ぉ、なかないで。チュウしてあげるから」

「チュウって……」

「おしっぽ、の、ほうが、いい？　そしたらね、ふたりきりになったら、ね」

真顔で言われて、腰が抜けそうになる。

（待て待て待て待て。どこでそんな手管を覚えてきたんだよ！）

そう怒鳴りたかったけれど、それもできず。

すると、いきなり頬っぺに、チュウをされる。

そうこうしているうちに、白豹は行方《ゆくえ》がわからなくなったと伝達が来た。

アルヴィは公務で海外に出向いてしまった。帰国するまで三日かかる　国内の公務は、
無事に退院した大公が復帰しているとはいえ、無理はできない。

今日のドタバタを、どう報告しよう。

悩んでいると、また熱い抱擁と、ちゅっちゅっちゅっされてしまった。

幼子の頭に手を置いて、柔らかな髪に触れる。

大人ぶっているけど、アウラから柔らかなミルクの匂いが微《かす》かにした。

この子と出逢って、一年と少し。その間、彼は四歳を迎えて、背が伸びた。

丸々としたフォルムは唯央にとって、唯一無二のものだった。だが、彼はすらりとした手足を持つ、凛々しい少年に変わっていく気配が濃厚だ。

凛々しく美しいアルヴィと、美貌の妃。彼らの血を引いているのだから、疑う余地がない。

変わらないものは、何もない。淋しいけれど、仕方ない。

アルヴィも年を取るし、唯央だって徐々に老けていく。

でもその時、自分はどこにいるのだろう。

番はきっと解消している。アルヴィは、お妃が必要な人だ。もちろん、解消を言い渡されたら、身を引く覚悟はある。でも。

でも彼から離れたら、自分は一人でどうやって生きていくのだろう。

アルヴィから離れて、アウラやアモルと別れて。一人で。一人で自分は。

(――生きていけるのかな)

自分の依存体質が、ほとほとイヤになる。

アルヴィと出逢う前は、一人でやっていた。病身の母をかかえて、自分が頑張らなくてはならないと、いつも焦りながら生きてきた。

でもアルヴィという番と巡り合い、アモルを授かり、アウラとイチャイチャしている。

これ以上はない幸福だった。

それなのに。心の奥底でミルクが揺れる。

グラスの縁ぎりぎりまで注がれた、不思議なミルク。

不安な時は揺れ、泣きたくなるとあふれ、傷つくと頼りないグラスは倒れる。

唯央の心の、小さなグラス。

一度は空っぽになったと思った。もうミルクは、零れないと安心したけれど、いつの間にかあふれそうになっている。

(きっとずっと、心の不安はなくならない)

いつまでもアウラを抱きしめていて、最後には、むーむー嫌がられてしまった。

そしてその夜は、ひとり淋しく枕を濡らして眠る羽目となったのである。

□□□

翌朝、ダイニングで食事をしていると、困った様子の執事のルイスがやってきた。

ふだん何が起こっても冷静沈着な彼が、めずらしいことだ。

「唯央さま。お食事中に失礼いたします」

「どうしたの？」

この問いかけに、執事が言葉を濁した。嫌な予感がする。

「アルヴィに何かあった？」

先回りして訊いてみたが、彼は首を横に振った。

「ご主人さまのことではございません。唯央さまにご来客でございます」

「ぼく？」

自慢ではないが、友達は少ない。いや、むしろいない。

唯央に逢いたいと言うのは母親。せいぜい市場で働いていた時の人間か。

しかしどちらも可能性は低い。母ならば必ず事前に連絡をしてくるからだ。

「お客さまは、お名前は名乗られたの？」

「はい。スピネル・ラ・ペルラさまでございます」

ペルラ。

知らない名前に思わず、『誰それ』と訊きそうになって、口をつぐむ。

思ったことを、全て口に出してはいけないと、身に沁みているからだ。

しかし、どこかで聞いたような名前だなーと、考えた。すると唯央の隣に座っていたアウラが手を挙げている。

「アウラ、しってるぅ」

「えー？　ぼくが知らないのに、アウラ知っているの？　誰だれ？」

食い気味に訊いてみると、小さな公子はエッヘンと咳払《せきばら》い。

「おとなりのくにの、こうたいしさま！」

さすが身分の高い人は、子供であっても外交に抜かりがない。

名前を聞いたとたん、唯央の頭の中で数少ない人物ファイルが、バラバラバラバラッという勢いでめくられ、ピースがはまる。

「あーっ、わかったぁっ」

大声にびっくりもせず、アウラが笑う。しかし唯央はそれどころではない。

スピネルとは、このあいだアルヴィを悩ませた皇太子の名前だ。

「なんで今日ここへ来るんだろう。アルヴィが留守なこと、知らなかったのかな？

「ご主人さまが不在の件は、もちろん申し上げました。しかし、本日は唯央さまにお会いしたいとおっしゃって……」

「ぼく？」

「さようでございます」

「なんでぼく？」

「そこまでは伺っておりません」

「だよねー」

ルイスと話をしながら、首を傾げた。

「……それよりなんで皇太子が、ぼくの名前を知っているんだろう」

不思議だ。自分は妃でもなんでもない。ただのオメガだ。

間違っても偉い立場の人が、自分なんかに会いに来る理由がない。

何より唯央自身が、会いたくない。

見ず知らずの皇太子なんて堅苦しいし、無礼があってはならないし、そもそも何を話していいのか、わからない。

知らずに深い溜息が出た。

その唯央をどう思ったのか、ルイスが声をひそめて顔を近づけてくる。

「実は先日、ご主人さまは殿下とのご会談を、キャンセルされまして」

「えっ、なんでそんな取り消しなんてしたんだろう」

ルイスはしばらく無言だったが、コホンと咳払いをする。

「唯央さまのヒートの期間、ご主人さまは全てのご予定を取りやめになさいました。十日前のそのご予定の中に、殿下との会食も入っておりまして」

ヒート。十日前。

十日前といえば、唯央のヒートが起こった時だ。

あの時、全ての予定をキャンセルしたと、彼も言っていなかったか。

唯央の背中に、汗が流れる。ただの汗ではない。

(うわぁ……。キャンセルの原因って、もしかしなくてもぼくだ)

確かにあの期間、アルヴィはずっと自分と一緒にいた。

絶望的ななりゆきに、頭をかかえた。原因は自分だったのか。

それでは、訪問の目的はクレームしかない。

「ルイスさん」

「はい」

「ぼく皇太子に会いたくないぃぃぃぃ」

甘えたことを言っている自覚はあるので、語尾を伸ばしてみる。

そしてルイスにとっても意味はなかった。

「お気持ち、お察しいたします。しかし」

唯央は片手をかざして、ルイスの話を遮った。

「大丈夫。ぼく頑張るよ。頑張るけど、……会いたくないなぁ」

大きく深呼吸してから、言ってみる。

ルイスは唯央の気持ちがわかっているかのように、頷いてくれた。

「皇太子を門前払いなんかできないし、無礼も許されない。そんな事態になったら、外交問題に発展しかねないんでしょ」

アルヴィが留守のあいだに、そんなことになってはならない。

何があっても皇太子には、平穏無事に帰国していただきたい。唯央は泣きたい気持ちで、踏ん張った。

「ありがとうございます」

よほど悲壮な顔をしていたらしく、ルイスが痛ましそうに頭を下げる。

唯央は泣きたい気持ちで、深々と下げられた白髪を見つめるしかなかった。

5

皇太子を応接の間に通しておいて、唯央は大慌てでスーツに着替えた。

たとえアポイントメントもない突然の来訪でも、普段着のTシャツにジーンズでお出迎えというわけにはいかない。

(いくらクレームとはいえ、どうして来ちゃうのかな。普通は側近が文句を言うものでしょうに。しかもアルヴィでなく、ぼくあてに来るなんて)

いや、少なくともアルヴィは皇太子と会って、疲れたと言っていたではないか。

第一、公式の来訪ではなくても、都合ぐらい確認して動くのが普通だ。そんなことは一般人よりも叩き込まれているのが、セレブリティという人種なのに。

(もしかして、わざと留守を狙って来たのかな)

その可能性、なきにしもあらず。

唯央の推理が当たっているなら、皇太子は性格が悪い。

取りあえずグレーのスーツに着替えて、ネクタイも締める。それから髪も撫でつけて、なんとか格好がついた。

「唯央さま、お支度はいかがでしょうか」

執事が迎えに来てくれたので、身なりをチェックしてもらって、革靴に履き替える。ふだんはバッシュばかりだからだ。

応接の間へ行くと、執事が扉を開いてくれる。ドキドキしながら中に入ると、件の人物は窓際に立って、外を見ていた。

テレビで観《み》たのと同じ、金髪に長身。

(アルヴィもそうだけど、どうしてこうもスタイルいいのかな)

高身長ではないヒガミで、つい人の脚を見る。憎らしいほど、すらりと長かった。

(うー……、妬《ねた》んでも仕方ないけど、単純に羨ましい……)

そんなことを考えていると、皇太子が振り向いた。

テレビで観た時よりも、端整な顔立ち。肌の美しさ。手入れのされた指先。

(できすぎなくらい、ちゃんとした皇太子さまだ)

アルヴィだって美貌の持ち主だし、立ち振る舞いが優雅。申し分ない完璧さだ。

こちらの皇太子は形のいい唇を、片方だけ歪《ゆが》めて微笑む。それが少し、エレガントさに欠ける気がした。

(いやいやいや。余計なことは考えるな。それよりご挨拶しないと)

気を取り直し、たぶん外交的だろうと思われる笑みを浮かべる。

「ようこそおいでくださいました。唯央・双葉・クロエと申します」

「ごきげんよう。お会いできて光栄です。唯央・双葉・クロエ」

間近で見ると、本当に綺麗な顔立ちだ。それに金色の瞳と髪が、圧倒的だった。声も優しげで耳になじむ。アルヴィは彼の何が、そんなに苦手だったのだろう。

「本日はアルヴィ殿下が不在で、申し訳ありませんでした」

唯央の言葉に、彼は優しい笑みを浮かべた。

「いいえ。殿下が公務で留守にしているのは、承知の上でお邪魔しました」

「え？」

「実は十日前に彼と会う予定でした。でもその時は反故《ほご》にされてしまったんです」

「それは申し訳ありませんでした。お詫《わ》びいたします」

「なんでも番のオメガがヒートになったせいで、全ての予定をキャンセルしたとか伺いましたが、真相はどうなのでしょう」

「は？　……はははははは」

口から心臓が出そうだった。

（ぼくが原因のオメガだとわかっていて、反応を楽しんでいるんだ）

その時、執事のルイスとメイドがお茶を運んできた。

（あっ。助けが！）

張りつめた空気が、ゆるむ気配。唯央は地獄で仏に会ったような心境だった。

「た、立ち話もなんですから、どうぞおかけください」

瀟洒《しょうしゃ》なソファを掌で指し示しながら言うと、皇太子は礼を言って腰かけた。

(よかった。ルイスさんが来てくれれば、きっとなんとかしてくれる)

あくまでも唯央は他力本願だった。

しかし、安堵《あんど》したのも束《つか》の間《ま》、使用人らは余計な口などきいて、主人の話を邪魔したりしない。手際よく準備を終えると、さっさと退室していった。当然である。

「それでは失礼いたします」

唯央はその閉まる扉を見つめながら、泣きたい気持ちになっていた。

(あああぁ。待って、行かないでぇぇ)

自分も使用人たちと一緒に、部屋を出ていきたい。

それぐらい皇太子と二人きりの状況に、限界を覚えていた。

(だってさぁ、初対面のお偉い立場の人と、何をしゃべれっていうの)

後ろ向きにしか考えられない。しかも挨拶が終わると、お互い無言。

何か話題はないか。ちょっと笑える、ほっこり系の話題は。

そこまで考えて、ハッと気づく。

(子供、もしくは動物！　アウラなら最高の外交官だ。子供で動物。どっちも癒《いや》しの条件を満たしている！)

今から幼児を連れてくるように、内線電話で頼むのはどうだろう。最低なことを考えながら、自分の手落ちに気がつく。完全にタイミングを逸してしまった。

(いやいやいや。ケータリング頼むんじゃないんだから)

諦めて、ふたたび皇太子を見ると、彼は出された紅茶を飲んでいる。そんな何気ない仕草も、ものすごく絵になる人だった。

(アルヴィのキャンセルを、すっごく怒っているふうには見えないなぁ)

セレブリティとはいっても、予定のキャンセルは、めずらしいことではない。しかし番のオメガがヒートを起こしたからというのは、前代未聞だろう。彼はそれを言及しに来たのだろうか。

「きみのことを少々、調べさせていただきました」

「え?」

「唯央・双葉・クロエ。幼少期に死別した父はベルンシュタイン人。母は日本人で、昨年まで入院。一度、転院されていますね」

プライベートなことをベラベラと言われて、唯央の眉根が寄った。

「転院はアルヴィが手配したようですが、費用も彼ですね」

「……さすがにプライバシー侵害です」

ここまで来ると、頭の中でゴングが鳴った気がした。

喧嘩《けんか》の開始だ。

「お気を悪くなさいましたか。それは失礼」

（――なさいますよ、こんちくしょう）

身辺調査される意味がわからないし、両親のことを言われると気分が悪い。別に誰にも隠してない事実だけど、初対面の人間から言われる筋合いはない。

「母の入院費用は、少しずつですが返済しています」

「おお、それはひどい。貧しい人から金を取り立てているとは」

「取り立てじゃありません。アルヴィ殿下は返さなくていい、自分のポケットマネーだからと言ってくれました。でも、ぼくが嫌だから、無理やり返済しているんです」

どう思ったのか、彼は口元だけで微笑んだ。

「ずいぶん気を遣われてらっしゃる」

「普通です」

「でもアルヴィとは、籍を入れていませんよね」

カーンカーンカーン！

激しいゴングの音が響いた。

いきなりの話題転換だけど、これも苛《いら》つく。

自分とアルヴィの問題だ。突っ込まれたくない。

「籍を入れていないことで、何か問題がありますか？」

ギリギリ敬語は崩していないが、『お前になんの関係があるんだよ、コノヤロー』と言い捨ててやりたい。

「なぜ入籍しないのですか。アルヴィの妃の座は、空席ですよ」

「ノーコメントです」

感じ悪く言ったつもりだが、敵はまるで堪《こた》えていない。

金色の瞳に金色の髪。容姿だけはピカイチだと思う。でも、人間性は残念だ。

「子供まで産んでいるのに、オメガは花嫁になれませんか」

ふたたびゴングが連打された。これは本気で喧嘩を売っているのだ。

アモルが誕生したことを表立って発表はしていないが、秘密にもしていない。教会で洗礼も受けている。

「オメガだから？　それが何か問題ありますか？」

思わず声が低くなってしまうと、皇太子は快活に笑った。

憎ったらしいぐらい、爽やかな笑顔だ。

「怖いなぁ。怒ったら可愛い顔が台無しですよ」

可愛いなどと言われて、ゾーッとした。その証拠に、鳥肌が立っている。

「私が言いたかったのは、きみは彼の番で子供も産んでいるけど、妃ではない。社交もお上手ではないってことです。アルヴィの代理はとても務まりません」

ピキピキピキピキと、こめかみが鳴っている気がする。

許されるなら、この皇太子を叩き出したい。

でも、それは許されない。自分は妃ではないし、ただのオメガだからだ。

「ねぇ、唯央。教えてください。なぜ彼はオメガと番になったのかな」

ズケズケ言いたい放題。唯央はさすがにキレそうだ。

自慢ではないが、唯央は導火線が短い。

(いや。いやいやいやいやいや。我慢だ。ガマンがまん我慢)

直球っぽく聞こえるが、皇太子の質問は持って回った言い方だった。答えられないのを承知の上で、ネチネチやっているのだ。

どうしてこんな、薄ら寒い質問ばかりなのか。

(これって完全に、バカにされているんだろうな)

久しぶりの感覚だ。以前は、オメガとわかると知らない人にまで見下された。

アルヴィの番になり、この屋敷に来てからは、誰もが優しく接してくれる。そのおかげで忘れていた感覚がよみがえった。

(そうそう、皆が優しいから忘れていた。ぼく、オメガだった)

血統が正しい人から見たら、オメガで妃でもない自分は、下の下の下だと思う。しかもそのオメガのヒートが原因で、自分が蔑《ないがし》ろにされたのだ。怒り心頭だろう。それもわかる。本当に、申し訳なかったとも思う。

でも。

（人の家にいきなり来て、上から目線。ぜんぜん洗練されていないよ）

彼の容姿が美しかったから、勝手にエレガントだと思った。だけど、話をして五分で感じが悪いと思ってしまった。

カーンッ！

またしてもゴングが鳴った。今までよりも大きく、頭の中に響く音だ。

唯央の腹は決まった。

（摑み合いなんかしない。言い返しもしない）

大きく息を吸って吐く。何回かくり返した。

何を言われても、反応しないことにする。

（そうだ。ヘラヘラしよう。バカにしているオメガが、よりにもよって高貴な自分の前でヘラヘラしていれば、苛つくのは明白）

気位の高い人間を苛立たせるのだ。彼も怒髪天を衝くだろう。

（誠心誠意、愛想よく丁寧に。でもすごく陰険だ）

不毛なやり取りをして、さすがの彼も爆発する。そうしたら、謝るだけ謝って、お帰りいただこう。

こちらには非がない。ただ愛想よくしていただけ。だが、それが皇太子には気に入られなかったという、構図をつくるのだ。

（ぼく、ちゃんと対応できなくてごめんなさい）

殊勝に言って、涙をポロリ。そして二度とお会いしない。

そうとう乱暴な手法だが、陰湿なやり合いを続けるよりいい。

「なぜぼくがアルヴィ殿下に選ばれたか不明です。それに妃になる気はありません。あとはアルヴィに訊いてください。うまく説明できなくてごめんなさい」

淋しげにニコッと微笑んでみせる。

（決まったー！）

心の中でガッツポーズ。だが皇太子は、それを軽く無視した。

「実は私には妹がおります」

「はぁ？」

「年齢は十六歳。兄の私が言うのも恐縮ですが、容姿端麗で気立てもいい娘です」

「……はぁ」

反応するのも嫌になってきた。なぜここで、身内の自慢が始まったのか。

「そうですか。羨ましいです」

適当な生返事を返すと、苦笑される。

「はは、見事な社交辞令ですね。興味ありませんか？」

あるわけないだろ、とか内心で悪態をつきつつも、愛想笑いは浮かべる。

だが、まだまだ試練は続いていた。

「その妹とアルヴィの縁談を進めるつもりなんです」

あまりに突然のことに、呆気《あっけ》に取られた。

（えん、……だん？）

よほど間抜けな顔をしていたらしい。スピネルは勝ち誇った表情を浮かべていた。

「やっと私の話に興味を持ってくれましたか」

「いや、興味はないです」

（興味じゃなくて、もう話をしたくないだけだよ）

なんだか、もうこの皇太子と話をするのが、ほとほとイヤになっていた。

だが彼は反対に、ようやく唯央の興味を引けて、ものすごく嬉しそうだった。

「アルヴィと妹は年が離れていますが、絵に描いたようなカップルになります」

「……はぁ」

（もうやだ。この皇太子、一刻も早く帰ってほしい）

「ぼく気分が悪くなってきたので、すみませんが、もうお帰りいただけますか」

「おや、お加減が悪い？　それはいけませんね。すぐにお休みになってください」

嬉しそうな笑顔で言われて、ものすごく気分が悪い。

アウラを連れてきてお茶を濁そうと考えたが、あの子がここにいないでよかった。

勘が鋭いから、いらない心配をかけるところだった。

唯央が屋敷内につながる電話の受話器を持ち上げると、ルイスがすぐに出た。

「ごめんなさい。お客さまがお帰りなので、お見送りをお願いします」

だが、その客は薄ら笑いを浮かべている。

「あのー……」

話を切り出すと、皇太子は目を輝かせた。

「はい、なんでしょう」

「今の妹さんとアルヴィの結婚のお話ですが、もう彼にもしたんですか？」

棘《とげ》が刺さったみたいな、ざらざらした気持ちだ。

アルヴィが結婚話を聞いていたなら、唯央に黙っていたことになる。それは、すごく気持ちがざわめく。

でも、それは杞憂《きゆう》に過ぎなかった。

「いいえ。まだ妹にも話をしていない状態です」

（何それ、妄想？）

あっけらかんとした皇太子の答えに、安堵の溜息が出そうになった。だけど彼の前で気は抜けない。ぐっと堪えて平然とした顔を作る。

（でもそうすると、妹さんもスピネルの犠牲になっているのかな）

苦々しく思う唯央とは裏腹に、愉快でしょうと言わんばかりの彼の顔は、ぜんぜん美形に見えなくなっていた。

（出迎え場面をテレビで観た時は、すっごく美しい人が来たと思ったのになぁ」

顔も知らない異国の王女が、すごく気の毒になってきた。さりげなく訊いてみる。

「妹さんも知らない縁談を、なぜぼくに？　ぼく関係ないと思いますけど」

そう言ったとたん、彼の目の輝きが倍増した。

（うわぁー、何このきらきらさ。おっかない）

女性ならば目を奪われるだろう、煌びやかな美貌。

しかし唯央にとっては、無用の長物でしかない。

「ええ、きみには関係ない話です。でも、どうしても言いたかったんですよ。唯央、きみを驚かせたくて。いや驚くじゃなくて、心配させたかったのかな」

は？　と言いそうになって、慌てて口をつぐむ。

反応すればするだけ、彼を喜ばせるからだ。

「私はオメガを、いえ、唯央が驚く顔を観察したくて、たまらなかったんです」

うっとりとした表情で囁かれて、泣きたくなった。

人の気持ちを試して喜んでいる彼が、嫌だった。もっと言うならば、気持ち悪ーいと言って、逃げ出したくなるぐらいだったからだ。

□□□

どうやって皇太子にお帰りいただいたのか、記憶にない。

唯央は無表情のまま、子供部屋へ速足で向かった。

扉をノックして、返事も聞かないうちに勢いよく開く。すると中にはマチルダもいて、みんなが驚いた顔で唯央を見た。

おやつの時間だったらしく、部屋の中はミルクの香り。

「唯央さま、お疲れさまでした。ご来客はもう、お帰りになったんですね」

マチルダはそう言って笑いかけてくる。

「唯央、やっと、きたお！」

アウラが宝物を見つけたような目で、こちらを見た。

(すっごいきらきらな瞳。宝石みたい)

子供の匂い。ナニーの優しい声。どこからか石鹸《せっけん》の香りもする。

何もかもが優しくて、当たり前で、正常で、秩序ある空間。

そう思った瞬間、唯央はヘナヘナと崩れ落ちるみたいに、床に座り込んでしまった。

「唯央さま、どうなさったのですか。すぐにお医者さまを」

「唯央ぉ、どーしたのー？」

「あう、あうぅ」

「ううん、どうもしてない」

遠くから自分の声が聞こえる。なんか不思議な体験だ。

三者三様の、温かく呑気な反応を聞いただけで、安堵の溜息が洩れる。

「なんでもない。……なんでもないよ。ちょっと疲れただけ」

唯央は自分を覗き込んでくるアウラを、ぎゅっと抱きしめた。

「唯央、ないてるの？」

あどけない声に問われて、本当に涙が滲む。

慌てて指で拭って、小さな背中を強く抱きしめた。

「泣いてない。——ただ、みんなの顔を見たら、気が抜けただけ」

スピネルと対峙《たいじ》していて、ものすごく神経が張っていたのだ。子供たちの顔を見て、今さらながら気がついた。

「意地悪な人と話をしなくちゃいけなくて、疲れちゃった」

「ちょお、なの？」

「うん。ちょお、なのよー」

幼児語で「そうなの？」と問われ、「そうなんだ」を幼児語で返した。

溜息が知らずに出る。疲れた。そうだ。ものすごく疲れたのだ。

「だってさー、言うことなすこと、全部が嫌みだったんだよー」

とうとう、幼児相手に愚痴り始めた。

「ちょお、なんだ」

「ちょお、なんだー。まともに話をしたと思ったら、妹じまんだよ？　あいつ絶対に友達いないね。賭けてもいい！」

それを聞いたアウラは手を伸ばした。そして唯央の腕を、ぽんぽんしてくる。

小さな手に癒されているうちに、アルヴィに膝枕をしたことを、思い出した。

彼は膝枕されたとたん、寝てしまった。今、その気持ちがよくわかる。

柔らかい生き物に触れていると癒されるし、深呼吸できる。

浄化されるからだ。

（じゃあ、ぼくはアルヴィにとって、空気清浄機みたいなものか）

清浄機は悪くない。そう思ってもらえるのは、すごく嬉しいと思う。

反対に、スピネルは違う。

彼を例えて言うならば、なんだろう。

(二酸化炭素噴霧器？　いや、そんな機械はないし)

スピネルは空気でなく、甘い匂いで虫を誘う、ウツボカズラに似ている。

蜜をたたえた靫《うつぼ》の中に、虫を誘い込む。虫はツルツルの花弁に足をすべらせ、甘い匂いの溶液の中に落ちる。

哀れ小さな虫けらは蜜に融《と》け一巻の終わり。

彼はその靫のような、存在な気がする。

端整な容姿と皇太子の身分。それらで人を油断させ、破滅に導くような。

(考えすぎかな。でも、あの人は疲れるよー……)

そう考えながら甘い匂いがする子供を、くんくんしつつ抱き寄せた。

「ああ、落ち着く……、癒される……」

乳くさい香りで落ち着くのは人として、どうなのだろう。

でも本当に安らぐのだから、仕方がない。

「唯央さま。熱いミルクティをいかがですか。スパイスと蜂蜜が入ったお茶です」

「わーい！　飲みたい飲みたい」

優しい心遣いに、また涙が出そうだ。それを堪えて、熱いカップを受け取る。

ずっと向けられてきた悪意が、お茶の中の角砂糖みたいに、ほろほろ崩れた。

「唯央ぉ、げんき、なった？」

「うん。元気げんき」

笑顔を向けてあげると、キャッキャと喜ばれる。

よかった。ここは清浄な空間だ。

あの皇太子は自分とは合わない。たいして長い時間じゃなかったのに、悪意が滲みすぎて疲れた。こんなに心が摩耗してしまって、生気を失っている。

「アルヴィに逢いたいねぇ」

「あいたい、ぱぱ、あいたい！」

とたんに、はしゃいだ声にくり返されて、ホッとする。

もう、あのヘンな人のことは忘れよう。もうもう二度と会うこともない。

もうもう安心。なんにも心配いらない。

大丈夫。

「おいしい……」

□□□

「唯央さま。スピネルさまから、ご面会のお申し込みが来ております」

その翌日、楽しく子供たちと遊んでいた唯央の元に、またしても執事を通じて面会の申し入れが来た。二日連続だ。

そして執事の手には、ものすごく大きな薔薇《ばら》の花束。

「その花は？」

「スピネルさまから唯央さまへ、贈り物でございます」

「……薔薇の花の贈り物？」

なぜ番のいるオメガに、花なんか贈ってよこすのか。

例えば人妻に、理由もなく花束を贈るか？　普通は贈らない。下手をすれば不倫を疑われるからだ。大げさかもしれないが、それが常識人。

でもあの皇太子は、やってしまうのだ。

「意味がわからない」

この低い声に、執事はただ頭を下げるばかりだ。

「ぼくは昨日、結構失礼な対応をしたと思うんだ」

「存じ上げております」

「だいたい、なんでぼく？　ぼくはスピネルに、もう会いたくないよ」

「唯央さまはご立派に、ご主人さまの代理をお務めになりました」

「でしょ、でしょ、でしょ」

突っ伏して泣きたい気持ちだった。しかし、そういうわけにもいかない。

「昨日と同じ部屋にお通しして。すぐに行くから」

自室のクロゼットの中から、取りあえずスーツを出して、着替えた。昨日はグレーだったから、本日は濃紺のスーツにする。

（昨日の服はクリーニングに出されちゃったんだよね。なぜセレブは一回しか袖を通していない服を、クリーニングに出すのかな）

実に貧乏くさいことを考えながら、慌てて着替えて部屋を移る。アルヴィの戻りは今夜の予定だ。頼りない気持ちが、ふたたび湧く。

「失礼いたします」

執事が開けてくれる扉から部屋に入ると、目に入ったのは一面の薔薇の花だ。

どうやら先ほどの花は贈られたものの一部だったらしい。

よくもまぁ、こんな量の花を持ってきたものだと、呆れてしまった。

（……ナニこれ）

唯央が眉間に皺《しわ》を寄せたのと、スピネルが振り返ったのは同時だった。

「唯央、ごきげんよう」

豪華な花束をバックに登場した皇太子は、満面の笑みだ。

「ごきげんよう、スピネル殿下。あのぅ、この花束はいったい……」

「気づいていただけましたか」

「これだけあれば、嫌でも目に入ります」

「あははは。これは一本取られた。この花はきみへの贈り物です」

「は？」

「きみに似合うと思って、ベルンシュタイン公国中の花屋から取り寄せました」

誇らしげに言われて、唯央はものすごく引いた。

（いやもう普通に、すっごい迷惑じゃん）

ありがた迷惑とは、このことだ。嫌な顔を隠さない唯央に、スピネルは得意顔だ。

「薔薇の花って、食べられませんよね」

見当違いの感想を吐くと、皇太子は一瞬キョトンとして、笑い出した。

「これだけのブラックティを集めるのは大変でしたよ」

高価な薔薇の品種名を言われても、ありがたみは感じられない。迷惑だと遠回しに言ったつもりだったが、まったく堪えていなかった。

「あのー、アポイントメントなしに、二回も続けていらっしゃるのも、マナー違反だと思います。それにこんな大量の花を持ってくるなんて……」

「求婚の花と思ってください」

「あ？」

あまりに日常会話からかけ離れた言葉に、唯央は思わず変な声が出た。

「失礼。ええと、……なんですって？」

「私は正式に、きみと番になりたいのです」

ここまで来ると唯央の中では、ゴングどころの騒ぎではない。

銅鑼《どら》だ。

青銅で作られた盆状の大きな打楽器。大型の船舶などには、音響信号として備えつけが義務とされているアレ。

その銅鑼を、ジャーンジャーンと打ち鳴らしたい気持ちだった。

「昨日、言いましたよね。ぼくの番の話を」

「アルヴィが番なのは、承知しています。赤ん坊も授かっている」

「そのとおりです。ぼくはアルヴィと番を解消するつもりはありません」

「そうでしょうね。アルヴィはすばらしい正義感の持ち主だし、頭脳明晰《めいせき》で容姿端麗だ。何より、この美しいベルンシュタイン公国の、公世子」

今さら言われなくても、そんなことは誰よりも唯央が知っている。

非の打ちどころがない美貌だけでなく、人格も性格も抜きん出ている。

(それにアルヴィは、救いの手を差しのべてくれた大恩人。彼が病院を手配してくれなかったら、母親はきっと、助からなかっただろう)

出逢った当初、彼には意地を張って善意を断っていた。そんな唯央を、諭してくれた。強引に母の病院を手配してくれた。いくら感謝してもし足りない。

番になった時も初めてのヒートに混乱し、素直になれなかった。

でも今は違う。

彼が公世子でなくても、惹《ひ》かれた。

魂を抜かれていた。

この皇太子に唯央の心の機微など、わかるはずもない。いや。

わかられてたまるか。

不穏なことを考えながらも、唯央は笑みを浮かべてスピネルに向かい合う。

「公世子だから、番になったわけじゃないです。とにかく、アルヴィが解消を言い渡さない限り、ぼくは彼のオメガです」

「私は一目で、きみが気に入りました」

(……ダメだ。人の話を聞いていない)

唯央は頭を振った。この人は意味不明なことしか言わない。
(言葉が通じない人って、本当に厄介だよなぁ)
唯央が絶望的な目になっているのに、皇太子は気がついていない。
「私は子供の頃から、アルヴィの気性もよく知っています。彼とは仲がいいんです」
ものすごく明朗に嘘《うそ》をつかれて、唖然《あぜん》となる。
(あんなにアルヴィを消耗させておいて、仲がいいとか言っちゃうんだ)
この人には、近づきたくない。いや、近づいてはいけない。
唯央の本能がジャンジャン銅鑼を鳴らしている。
「きみみたいなオメガを持つアルファなら、安心して妹を嫁がせられます」
とうとう顎が外れそうになった。
(アルヴィと妹さんが結婚するのは、決定事項なのか!)
これはもう妄想を通り越して、幻を見ているのか。
本気で心配になってきたが、皇太子は、話をやめなかった。
「唯央。どうかアルヴィとの番を解消して、新たに自分と番になってください」
(まだ言うか)
こんなに嬉しくないことがあるだろうか。もう、やだ。帰ってくれ。
彼の言うこととの支離滅裂さに、唯央はウンザリだった。

（早く部屋に戻って、アウラとアモルを抱っこしたいなー）

現実逃避に考えることといったら、愛しい子供たちのことばかりだ。

（ギューってして、ミルクの匂いを堪能したい）

アウラとアモルとは、毎日イチャイチャしたい。それぐらい、あの子たちが愛おしい。

たとえ自分の子供でなくても、愛おしさに変わりはない。

子供たちへの愛を再確認しながら、まだ何かしゃべっている皇太子に気づいた。

（この人、もう帰ってくれないかな）

できるだけ穏便に追っ払おうと、言葉を選びながら帰らせようとした。その時。

「何より、アルヴィは次代の大公殿下。妃は必要です」

「え？」

反応があったのが嬉しかったのか、皇太子がまたしゃべり出す。

「大公殿下になられたアルヴィに必要なのは、跡継ぎを産める妃ということです。オメガでは役に立たないでしょう。それに、アウラには母親が不可欠です」

「……オメガが産んだ子供では、ダメなんですか」

思わず反論すると、彼は瞳を光らせる。

まるで獲物を捕獲しようとする、獣みたいな目だ。

「若き大公閣下に必要なのは、未来を感じさせる妃です。わかりますか」

「例えば、アルヴィの前妃です。若く美しく、伯爵家の令嬢だった彼女は映画に出演するなど、知名度が高かった。そんな妃に国民は愛情と期待を抱《いだ》きます」

要するに彼が言いたいのは、オメガでは足元にも及ばないということだ。

理屈が全部、スピネル寄りだ。だけど、彼の一言が胸に刺さった。

『オメガでは役に立たないでしょう』

確かにオメガが妃になったなんて前例はない。唯央も歴史を調べたから確かだ。

「ですから、軌道修正が必要なんですよ」

そう言われて顔を上げると、唇の両端を上げて微笑む皇太子と目が合った。

「軌道修正？」

「そうです。未来の大公殿下の妃には、血統正しき王侯貴族の人間を。オメガはオメガなりに、身の丈に合った幸福を。これが幸せになれる法則です」

「未来？」

もう、頭の中でゴングも銅鑼も鳴らない。

なぜならば聞きたくない言葉を、聞かされたからだ。

ガチガチのオメガ差別主義的な発言に、唯央は呆然《ぼうぜん》となる。

『オメガはオメガなりに、身の丈に合った幸福を』

ものすごく不愉快な言葉だ。

オメガの身の丈って、なんだろう。

オメガの唯央は愛するアルファと、幸せになってはいけないのか。

……身分差は、もちろんある。それを超えようなどと、思ったことはない。

でも王室に生まれた人間だけが、幸福になるのか。今どき平民とかいうカテゴライズがあるのか。オメガはオメガなりに、幸福を望まず息だけしていればいいのか。

今まで自分は、ずっとオメガという身分にいた。

差別されたことは、数知れず。

排除されそうになったことも、限りなくある。

でも身の丈と言われたのは、初めてだ。

(オメガの身の丈に合った幸福って、なんだよ)

では、唯央の身の丈とやらは、どこにあるのだろう。

アルヴィと番になれて、可愛いアウラと一緒にいられて、アモルを授かって。

母親も元気になれた。ありがたい。すごく幸せだ。もったいないぐらい、嬉しいことばかりだと疑わなかった。

でも知らない人から見たら、自分は空回りしているだけなのか。

滑稽な、哀れなオメガでしかないのか。

心の中のグラスが揺れる。

中に入った、ミルクが零れる。
こんな時、ひとりぼっちで放り出された気分だ。
どこに行けば、幸福というものに出会えるのだろうか。

6

屋敷と、建て増しした屋敷をつなぐ回廊に、一枚の絵が飾られている。

ルーナ・マルグリット・ベルンシュタイン。

早世した公国の公妃で、アウラの母親だ。

金色の髪に、蒼い瞳。完璧な目鼻立ちに、ちょっとだけ幼い唇。

早熟した美貌と謳《うた》われた美少女は、アルヴィに見初められ祝福されて嫁ぎ、早々に可愛らしい天使の母親になった。

優しく聡明で、国民の敬愛を一身に受けた彼女は、神さまにまで愛された。

だから人よりも早く、天国の門をくぐったのだろう。

唯央がこの屋敷で暮らすことが決まった時、アルヴィは気を遣い、この肖像画を倉庫に片づけさせようとした。

だが唯央がそれを止めたのだ。

彼女には、ずっとアルヴィとアウラを、見守っていてほしい。

それにアウラが、いつでもお母さんに会えるように。彼女の微笑みを、忘れたりしないようにと頼み込んだのだ。

そして唯央も、気持ちが晴れない時は回廊に来て、彼女と話をしていた。

アルヴィを愛し愛され、可愛いアウラの母でもある彼女。

余命を宣告されても絶望せず、自分は夜空の月になり、永久に我が子を見守ると約束した、月の名前を持つ女性。

アルヴィに愛されるに相応《ふさわ》しい、聡明な人。

唯央は壁に寄りかかって座り込み、物言わぬ彼女と語らうのが好きだった。

「今日アウラはね、おやつのケーキを半分わけてくれました。優しい、いい子です」

誰もいない回廊に、密《ひそ》やかに響く声。

知らない者が見たら、とうとう気が触れたかと思うことだろう。だが唯央は、他人にどう思われようが、気にならない。

アルヴィとアウラを、自分と同じく愛した彼女が、すごく好きだ。

正確に言えば、あとから出てきたのはこっちなので、おこがましい。

でも、彼女はもうこの世に存在せず、お月さまになってしまったので、こんな思い上がりも許してくれそうな気がする。

「あとねぇ、嫌な人が来るんです。隣の国の皇太子とかいう人。ぼくに番になれって言うんですよ。嫌ですよ。国際問題覚悟で、グーパンしたいぐらい」

そう言って、思わず笑ってしまった。殴るなんて、できるわけがない。

ただ、こうやって今はいない人に愚痴ると、少しだけ気が楽になるのだ。

「ルーナ、あなたに逢いたかったなぁ」

彼女が存命だったら、アルヴィは唯央なんかに、番を申し込んだりしない。彼は美しい妃ひとすじだったろう。

アルヴィと一緒になれないのは悲しい。でも、それでもいいと思った。

以前は、誰とも番にならないと肩肘を張っていた自分だ。

アルヴィやアウラ、それにルーナと友達になれたら、それでもよかった。みんなと一緒に、笑っていられれば。

(……いや、そうするとアモルが生まれないってことだ。いかんいかん)

架空の、ありえないことを空想。考えただけで笑みが零れる。

アルヴィのパートナーとして、王宮に迎えられている唯央だったが、公式行事への出席は、全て辞退した。

オメガである自分は、表立った行動をするべきではないと考えたからだ。

だからアルヴィにもし再婚の話があり、彼がその気になったなら、……唯央は身を引く覚悟でいた。

妃なんて立場になりたいと思わないし、なれるはずもない。

幸い妃不在でも、公務に支障は出ていない。とはいえ現状は不自然だと思う。

アルヴィを愛している。

けれど愛しているからこそ、彼から番の解消を申し出られたら、従うつもりだ。

それが当然とも思う。

「……だって、ぼくオメガだもん」

アルヴィと出逢う前に口癖だった、いじけた言葉が零れる。

オメガ。オメガ。オメガ。ヒートを迎えればアルファの精を欲しがって、身を捩《よじ》らせる醜いイキモノ。

アルヴィが地道に活動してくれて、差別はだいぶ治まった。それでも。

『オメガはオメガなりに、身の丈に合った幸福を』

そんなことを言う人は、まだまだいる。

権利が確立され、皆に受け入れてもらっていても、必ずそういう囁きが聞こえてくる。

それは仕方がないこと。

でも愛している彼にとって、自分がスピネルの妹みたいな立場だったら。

もしも良家の令嬢だったら、この世の全てに祝福される。

もしも、なんてありえない。もしも、は、この世に存在しない。

そんなものはないし、あったとしても自分が生きている世界ではない。

「……あーあ」

思わず溜息をつくと、屋敷につながる扉が開く音がした。

「唯央？」

びくっとして顔を上げると、扉が大きく開かれた。

日が暮れて薄暗くなっていた場所に、光が差してくる。

「アルヴィ……」

「こんなところにいたんですね。悪い子だ。探しましたよ」

「あっ、ごめんなさい。戻りの予定は、もっと遅いと思ってたんだ」

彼は大きな歩幅で近づいてくると、目の前に立った。そして唯央の両脇に手を差し入れると、軽々と立たせてしまう。

「ひゃあ」

ふわっと持ち上げられて、思わず声が出た。そんな唯央を、可笑しそうに見つめたアルヴィは、すぐに床に下ろしてくれた。

爪先が宙に浮いていると、なかなか不安だ。思わずホッとする。

「おかえりなさい」

「はい、ただいま。それより、こんな薄暗いところで、何をしていたんですか。アウラが匂いを探ってくれたんですよ。早く戻りましょう」

「ちょっとルーナさんと、お話ししてた」

そう言うとアルヴィは、ちらりと肖像画に視線を向ける。

「やぁ、ルーナ。そろそろ唯央を返してもらいますよ」

ごく自然な挨拶に、彼と妃の絆《きずな》があった。

惚《ほ》れた腫《は》れた的な単純なものではなく、彼らは信頼し合っている。たとえ片方が亡くなったとしても、それは変わりない。

だから唯央は、二人のあいだに入れないし、入ろうとも思わない。

「唯央とルーナは、仲がいいですね」

そう真面目な顔で言われると、少し面映ゆい。でもアルヴィの中では、それが自然なことだと受け止めている。

そんな気持ちが嬉しい。

死んだら、何もかもが終わりと考える人もいる。でもアルヴィは、そうじゃない。

こんな些細《ささい》な気持ちが、なぜか嬉しかった。

「唯央、そろそろ戻りましょう。アウラたちが待ちくたびれていますよ」

「あ、そうだ。マチルダに任せっきりだった」

「そうです。そのマチルダも、唯央に元気がなかったと、心配していましたよ」

「ええ？　しまった、余計な気を遣わせちゃった」

「私も聞きたいことがありますし」

「聞きたいこと？」

「ええ、たくさんありますよ。まず、白い豹が現れたことを、私に教えなかったでしょう」

「なんと説明していいかわからなかったので、報告は執事に任せっきりだった。

「危険を顧みず、アウラを助けに庭に入っていった」

「あ、うん。豹ね。うん、豹なんてビックリだよね、豹だよ」

「それとスピネルが当家に踏み込んできた一件も、きみの口から聞きたい」

「あ、あぁー……」

しまった。あまりに落ち込んだので、アルヴィに知らせるのを忘れていたのだ。

「うん。そうだった！　あの日はグッタリしたから、寝るのを優先しちゃって。アルヴィも言っていたけど、あの人って疲れるよね」

「すみません、私が不在だったばかりに、あなたに不快な思いをさせてしまって」

「ううん、そんな大げさなことじゃないけど、ホラ、皇太子さまなんて、どう対応していいか、わからないじゃない？　何かあって、国際問題に発展したらさぁ」

「そうですね。気苦労は絶えません」

「アルヴィはこれが毎日だもん。本当に大変だよね。お疲れさまです。じゃあ、そろそろ部屋に戻ろうよ。アウラぷんぷんだよ」

そう言うと彼はちょっと笑った。

なそんな話で疲れているのに煩わせたくない）

（あの人の話は、したくない）

なぜ誤魔化してしまったのか。自分でもわからなかった。

（番を解消しろとか番となりたいとか、ムチャクチャ言われたと話して。……でも、そんな話で疲れているのに煩わせたくない）

何より皇太子の妹と縁談が持ち上がっているとか、そんな話をしたくなかった。

（万が一にもアルヴィが、皇太子の妹との縁談に興味を持ったりしたら――）

自分はオメガ。子供は産めるけど、それだけの存在。

その現実を思い知らされるのが怖い。

その時、とつぜん思い出したようにアルヴィが言い出した。

「それと、あとひとつ」

（あとひとつ？　まだ何かあったっけ）

アルヴィを見ると、彼は無表情といっていい顔を見せた。

「唯央、私は悲しいです」

「か、悲しいって、何が……」

「スピネルは番にならないかと言ったそうですね」

「な、な、なんでそんなこと、知ってるの」

「応接室は来客があると、会話を録音するからです」

「えええええっ」

初耳すぎて、大きな声が出てしまった。それって俗にいう盗聴だ。

「保安上です。悪しからず。しかし、なぜ彼は、あなたと番になりたいなどと、そんなふざけたことを言い出したのでしょう」

不愉快の理由はコレだった。

でもなぜ彼の視線は、自分を射抜くように見つめているのだろう。

「くわしく話を聞く必要がありそうだ」

「電話できなくて、ごめんなさい。本当に話ができないぐらい疲れてしまって。あの、えっと、……怒ってる？」

思わず、覗き込むようにして訊いてみると、アルヴィは困った表情を浮かべた。

「怒っていません」

「本当？」

「本当です。苛ついているとしたら、スピネルなどを、あなたに近づけた自分の迂闊《うかつ》さです。私が唯央と暮らしていることを知って、彼は興味津々だった」

「興味津々？　アルヴィの友達だから、興味を持ったのかな」

「友人の伴侶に興味を抱くのは、普通のことです。私と彼が同級生だった話はしましたが、もうひとつ縁があります。スピネルはルーナの従弟《いとこ》なんです」

声は出なかったが唯央の内心は、えー！　である。

「ルーナとスピネルが？」

「はい。それに彼は私の、遠い親戚に当たります。家系図を見ながらでないと、説明できないぐらい、遠い関係ですが」

「ぜんぜん似てない。そりゃスピネルも美形だし皇太子だけど、ルーナは、すごく品がある貴婦人なのに！」

これにはアルヴィが笑った。要するにスピネルは、下品だと言ったも同じだ。

「あっ、ごめんなさい」

「いいえ。きみの言うとおりだ。ルーナはまだ少女の頃、スピネルの遊び相手だったんです。だから彼女に恋心を抱いていても不思議はない」

やんごとなき身の上の人々にはありがちだが、あちこちで縁がつながっていることが多い。外国の王室と血縁だったり、王室の子供たちの遊び相手だったり。

「ルーナも伯爵家の、お嬢さまだったんでしょう。つながりがあっても不思議はないでしょうけど、そうだったんだ……」

「そういうことで、アルヴィは初恋の少女と結婚を目論《もくろ》んでいた。しかし、ルーナは女優として何本も映画に出演したあと、私と結婚してしまった」

「あー……」

「それだけでなく、彼は学生時代、私に対して怨恨を抱いていた」

「怨恨？」

「パブリックスクール時代、彼は総代になろうと必死だった。しかし残念なことに、私がその役についてしまった。それから、いろいろ面倒でした」

「面倒って、まさか靴を隠されたとか」

レベルの低い意地悪を挙げてみる。すると。

「靴は毎日のように隠されました」

「……毎日？」

「ええ。勤勉でしょう。ルームメイトだから、いくらでも機会があった。レポートを提出すると、彼が書いた拙《つたな》いものと取り替える。連絡事項を間違えて教える。など」

もう絶句するしかない。せこすぎる。

アルヴィも思い出したのか、ちょっと笑った。

「彼は子供の頃から私のものは、なんでも欲しがりました。とても気まぐれな性格ですが、私のものを盗《と》ることにかけては、異常な執着心を燃やします」

「はあ……」

「今回の来訪も、単に『私のオメガ』を見たかったからでしょう。彼のことだから、こちらのスケジュールは、把握しているはずです。あえて留守を狙ったんです」

「壮大な大喧嘩だね」

ほかに言うべき言葉が見つからない。

「ええ、まぁ、そんなものです。それと、あとひとつ」

「まだ何かあるのー」

ネタが大きすぎて、そろそろお腹いっぱいだと、唯央が唸った。

「あなたが会った白豹の正体は、スピネルです」

「ふーん」

反応が薄い唯央にアルヴィが、おや？　というように片方の眉を上げる。

「驚きませんね」

「そんな気はしていたから。アルヴィとアウラの豹化を見ちゃっているし、もうなんにも驚かない。あの白豹がスピネルなら、いろいろ納得がいくもん」

「納得？」

「白豹と対峙していたのに、アウラがちっとも驚かなかった。むしろ、昔の友達に会ったみたいな顔をしていたから」

するとアルヴィが、微妙な表情を浮かべる。

「彼とアウラは、初対面です。これからも、交流させることはありません」

「隣国のアルファ同士でしょう？」

「彼と私は相性が悪い。星の巡りがよくないんだと思います。大事なアウラを、彼に近づけるなど、もってのほかです」

いつも優雅で、人を悪く言わないアルヴィが、この熱くなりよう。

長い歴史の中での確執があるのだ。唯央はもう、突っ込まないと心に決める。

「わかった。白豹さんはアルヴィと無関係ってことで、承知しました」

「ありがとう。……まぁ、彼と私は同じ血脈というやつです」

「サラッと言うなぁ。いっそ屋敷中の人間が豹だったら納得がいくけど」

「さすがに、それはありません。屋敷の使用人たちはベータですよ」

「そうなんだ」

「王室同士、何度も婚姻を重ね、血が途切れないようにするので」

「そういうの、当たり前なの？」

「王族では近親婚は、めずらしくありません。財産を他所《よそ》へ渡さないようにとか、絆を深めるという、苦肉の策でしょうね。不自然で浅ましいことですが」

「じゃあアルヴィとスピネルは、どんな間柄なんだろう」

この問いにアルヴィは肩を竦《すく》めるだけだ。訊かれたくなかったのかもしれない。それに、スピネルとの不仲ぶりが感じ取れた。

「なぜ豹同士なのに、仲が悪いんだろうね」

「豹同士だからじゃないですか」

「なんだよもうー。豹の喧嘩に巻き込まれただけじゃん」

思い悩んだり嫌な気持ちになったりした自分は、バカ丸出しだ。

「わーん、なんか悔しい」

自分の周りは、豹ばかり。

アルヴィ、アウラ。おまけにスピネル。

「なんかアルファが多すぎる……」

白豹と会った時に、幼子は言っていた。

『アウラと、おんなじだも。しってるも』

そういえばアウラも、あの白豹と見つめ合っていた。スピネルからすれば直接は知らなくても、両親ともども縁が深い。

「……あれは、そういう意味だったんだ」

思わず一人で納得してしまったので、アルヴィにもその話を披露する。彼は唯央が話を終わらせるまで口を出さず、黙って聞いてくれた。

「アウラは初めて会った同胞を、察知したようですね。我が子ながら、勘がいい」

そう言うと、嬉しそうな表情を浮かべた。

そんな様子を見ながらも、先ほどの彼の言葉を反芻する。

『私のオメガ』

所有権を表すような言い方は、普通ならば反感を抱く。

だけど、自分が独占されたみたいな窮屈さが、嬉しいとさえ思った。

(あー、なんかもう、ぼく、おかしいわ。どうしちゃったのかな)

恥ずかしくて赤面したその時、アルヴィの声で我に返った。

「ともかく、彼の言うことは信憑性《しんぴょうせい》に欠けます。それから、きみと番になりたいとか、とんでもない話だ」

「言えなくて、ごめんなさい。いろいろ驚いてしまって……」

「こちらこそ、すみませんでした。スピネルを甘く見ていた。まさか私の留守に、当家に乗り込んでくるとは思わなかった」

とつぜんアルヴィに顔を覗き込まれた。

「唯央、二人きりで話をしましょう」

「ここで話すのはダメなの?」

ずっと話をしているし、回廊は無人で話をするのに、もってこいの場所なのに。

だが彼には都合がよくないようだった。

「私の部屋のほうがいいです」

アルヴィはそう言うと、らしくない強引さで、唯央の腕を摑んだ。

「あの、アウラたちが待っているんですよね。早く行かなくちゃ」

「それはあとでいい」

「え」

アルヴィの顔は無表情だったけれど、怒りを帯びていた。

「唯央。あなたと、じっくり話をする必要があります」

聞いたこともないぐらい、低く響く声だった。

□□□

彼の部屋へと連れ込まれ、服を脱がされた。

まだ宵の口で、子供たちも起きている時間だというのに、寝台へと転がされる。

何度も唇を重ね、甘い吐息を交わした。

いつもは丁寧に触れてくる人が、驚くぐらい性急に求めてくる。

「あぁ、あぁ、あぁ……っ」

こんなふうに蕩ける前に強いられるのは、初めてだ。

潤滑剤のぬめりで、強引にわけ入られるのが、ゾクゾクするほど気持ちがいい。

「アルヴィ、おおきい、おおきいよぉ……っ、あ、ああ……」

彼の肩に担がれた自分の脚が、びくびく震えている。

それを見ているのが、ものすごく感じた。

とろとろに蕩けた箇所を、深々と貫かれて高い声が上がる。それでもアルヴィは容赦してくれない。

執拗《しつよう》に性器を出し入れさせて、淫猥な音を鳴らし続けた。

反り返る性器は、ありえないほど硬い。ヒートの時ならば、悦びでしかなかった硬さが、今では怯えと恐怖ですらある。

（こんな大きなもので貫かれている）

（まるで生贄《いけにえ》の山羊《やぎ》だ）

（こわい。こわい。おおきい。ふかい。こわい。ああ。きもちいい）

「やぁ、あ、あ、いい、いい……っ」

甘ったるい声を上げると、突き上げがいっそう深くなる。

先ほど目にしたアルヴィの性器は、驚くほど長大だった。

あれが自分の体内に入り込み、いやらしくかき混ぜていると思うだけで、身体の奥が、熱く蕩けてしまう。

「たまらないな。おお、持っていかれそうだ」

アルヴィの熱く呻《うめ》く声が聞こえた瞬間、背筋を熱いものが走る。

喉が震え、いやらしい声しか出なくなって、知らずに笑いが浮かぶ。

愉快だ。ヒートでもないのに、こんなに淫らなことができるのが、可笑しくてたまらない。もっともっと卑猥になりたい。

「ああ、いやらしい顔だ」

アルヴィはそう言って、唯央の唇を指で撫でた。

「ずっと、こんな顔をさせたい。いつもの明るいあなたが、妄りがわしくなる姿を、もっと見たい。あなたを泣かせたい」

そう囁きながら、腰を突き上げてくる。端整な顔に、快楽の表情が浮かんだ。

いっちゃう。

気持ちよくてたまらないのに、苦しそうな表情を浮かべながら。

唯央も快感が強すぎて、脚をがくがく震わせた。

深く突き刺しながら、アルヴィが顎を仰け反らせた。

唇から、獣の唸りのような息を吐くと、深く突き上げた。そして、ずるっと性器を抜き出した。そして唯央の腹の上に、精液を撒き散らした。

(熱い、アツい、あつい。肌の上に熱いものが飛び散って、焼け爛《ただ》れるみたい)

飛び散った精液を自らの手で肌に擦りつけながら、宙を見た。

(気持ちいい。このまま、寝ちゃいそう。すごく、気持ちいい)

うっとりと目を閉じようとした。だがすぐに、情熱的な唇にくちづけられる。瞼を開くと、愛しい男が自分を見つめていた。

「まだだ。まだ、終わらない」

低い声で唸りながら、ふたたび両脚を持ち上げられた。構えようとしても、身体に力が入らない。待ってと言おうとした瞬間、唐突に貫かれてしまう。

「あああああ、んんうっ……」

甘くて淫猥な声が出た。世界中で、アルヴィしか知らない声だ。

「ああ、唯央。あなたは最高だ。私をどこまでも高みに連れていく天使だ」

熱に浮かされたような囁きを聞きながら、唯央も夢中で腰を動かした。もっと動いてほしくて、必死に腰を揺らめかす。

すると怖いぐらい感じるところに、彼の性器が突き当たる。とたんに唇から、艶めかしい悲鳴が洩れた。

「ああ、ここですね。ここがいいんだ。あなたはいつもそうだ。清純無垢《むく》な顔をして、貪欲に男の身体を貪っている」

何を言われているかわからない。それでも、いやらしく身体を蠢《うごめ》かせながら、男の精を搾り取ろうとしていた。

「ああ、ああ、いい、もっと、もっと」

「悪い子だ。清らかな顔で男を籠絡《ろうらく》する、堕天使の顔をしている」

ぐいっと突き上げられて、性器の先端から体液が飛び出す。恥ずかしく真っ赤になりながら、透明な液を肌に擦り込む。

気持ちいい。アルヴィの精液と自分の先走りの体液が、肌の上で混じり合う。

すごく淫らで、たまらなかった。

「気を散らさないで。あなたの中に入っている、私を感じて」

奥深くに侵入した性器が、どんどん硬くなる。

引き裂かれてしまうかと怯えると、優しくキスをされた。

「あぁぁ……ん、あああぁぁんん……っ」

幼い子供が泣いているような、そんな声が聞こえた。自分のものとは思えない、甘くて媚《こ》びた声音だと思った。

「唯央、あなたは誰にも渡さない」

低い声が聞こえて、頭を振った。身体が痺れて崩れ落ちそうだ。

「私だけの可愛いオメガ。あなたは私の運命の番。それを思い知らせてあげよう」

深々と突き上げられて、意識が遠のく。

耳に残るのは、束縛の呪文。

これ以上ない、幸福な呪いだった。

7

夜明け前に目覚めた唯央は、枕元の硝子の水差しから、水を飲んだ。

ただの水だが、すごくおいしい。

(……それもそうだよね。さっきまで、ずっと泣きっぱなしだった)

アルヴィの腕の中で抱き合った時間は、喜びに満ちていた。

考えてみればヒートの時はともかく、日常で抱き合うことは、あまりない。だから、そういう意味でも触れられるのは、すごく嬉しい。

(って考えると、ぼくだけエッチな人じゃないか。うわぁ)

アルヴィは、まだ眠っている。

その寝乱れた髪にキスをしてから、シャワーを浴びた。ところどころ痛むのは、やんちゃした証拠だ。

(アルヴィって、若いよね)

自分より十歳以上も年上に言う言葉ではないが、彼は自分より体力がありすぎる。

その証拠に情交が終わったら、唯央は意識を失った。アルヴィは、まったく影響なく、シャワーまで済ませている。この差は、なんなのだ。

フラフラになりながら、なんとか身だしなみを整えて部屋に戻ると、眠っていたはずのアルヴィが起きていて、枕元の内線電話で誰かと話をしている。

だが彼はすぐに受話器を置くと、唯央に向かって言った。

「マチルダから、アモルが高熱を出したとの連絡です」

「え……」

一気に夢から醒《さ》めたような気持ちで、愕然とする。

慌てて部屋を出たが、雲を踏んでいるように、ふわふわした心もとなさ。

(たった今まで幸福感につつまれていたのに、いきなり急転直下したみたいだ)

速足で廊下を歩き、子供部屋に飛び込んだ。

部屋の中ではマチルダと執事が、ベビーベッドに眠る赤ん坊を見つめている。

「アモルが高熱って、どういうこと?」

唯央の言葉に彼女が慌てて頭を下げる。

「申し訳ございません!　わたくしがついていながら、こんな……っ」

「マチルダ、きみを責めているわけじゃない。事の経緯を教えて」

責任感の強い彼女は、不測の事態にパニックになっている。唯央は慌てさせないよう、話を整理させた。

「昨晩は体調も問題なく、ご機嫌でした。でも深夜を過ぎた頃、いきなりお熱が上がって、苦しそうにされていて……」

「そうか。見ていてくれて、ありがとう。医者は呼んでくれた？」

「はい、じきに到着いたします」

「じゃあ、お医者さんを待とう。大丈夫、きっとすぐ治るよ」

部屋にはアルヴィも到着していた。心細かったけれど、自分が今、彼にしがみついていたら駄目だと、気を引き締める。

子供の発熱は、よくあること。過剰に反応しては、彼女をさらに不安にさせる。

大丈夫。お医者さまに診てもらえば、すぐに熱は下がる。

きっと大丈夫。

□□□

「たいへん申し上げにくいのですが、今回わたくしの手には負えません」

頼りにしていた医師にそう言われて、愕然とする。

狼狽《ろうばい》している唯央に代わって、アルヴィがどういうことだと訊いた。

医師は部屋にいたマチルダや使用人たちに視線を移すと、眉を寄せる。

「お話がございます。恐縮ですが、お人払いを」

医師の言葉にアルヴィは頷き、執事以外の使用人に部屋から出るよう言った。

長年ベルンシュタイン家に仕えている執事は、主人たちの秘密も熟知している。医師もそのことを知っているので、頷いた。

「アモルさまの高熱は、アルファ特有の症状でございます」

「じゃあ、アモルはアルファってことなの？」

「たぶん間違いないかと」

生まれて数か月しか経過していないのに、アルファ認定された。

ふだんならば喜ばしいことだが、こんな状況で言われても喜べない。

何よりアルファ特有の症状って、なんのことやらだ。

「古来から伝わってきたアルファの病に、原因不明の高熱があると、文献に残っています。しかし、治療法も特効薬もございません」

「どういうことですか。私は高熱など出さなかった」

「記録によるとアルヴィさまは、ベータ寄りの疾患には、かかっていたとあります。大衆がかかり、完治しやすい病です。しかしアモルさまの病は違います」

今後どのように病が悪化するか、それとも好転するか、わからない。治療薬も既存のものしか出せない。従ってどう症状が転ぶかわからないという。

「先生はアルファ専門の、お医者さまでいらっしゃるんでしょう」

「専門に診させていただいております。しかしアルファの数は少ない。それゆえに症例も少ないし、特効薬も開発できていないのです。」

「じゃ、あ、この子は、どうなりますか。お医者さまに見捨てられたら、この子は」

唯央が引きつった声を上げる。それに医師は、痛ましい目を向けた。

「もちろん、できるだけのことはさせていただきます」

前向きなのか後ろ向きなのか、わからない言葉。

それはまるで、煙に巻かれたような感じだ。

目の前のアモルは熱で頬を真っ赤にしながら、必死で病気と闘っている。

唯央はその小さな手を、両手でそっと握りしめる。

「この子は誰も、助けられない……っ」

絶望的な思いでそう口にすると、涙が零れ落ちた。

母が入院していた時にも、同じ思いをした。言いようのない無力感だ。

あの時は唯央にまったく金銭的な余裕がなくて、医師が提示する医療を受けられなかった。自分の無力さと、喪失感。

でもアルヴィが治療費を出してくれて、それで転院できて母は助かった。

今はどうだ。治療費に困らない立場なのに、今度は薬がない。症例もない。

この子はアルファだと判明したのに、だからこその重篤な病だ。アルファだから、助からないのかもしれない。

「アモル……、お母ちゃんが、なんとかするからね」

唇から洩れる囁きは、頼りなく力ない。

だけど我が子を助けるのは、自分しかいない。

でもその手立てがわからない。なんて無力なんだろう。無力感と、自分にはなんの力もないと思い知らされる虚しさが、また唯央に巻きついてくる。

大切な人が弱って、苦しんでいる。それなのに、何もできない自分。

愛する人たちにとって、手を差しのべられるのは唯央ひとりなのに。

何度こんな思いをすればいいのか。

この慟哭《どうこく》は油断したその時に、心の奥にすべり込んでくるのか。

「アモル……っ」

溜息に似た声音で呟いたその時。

「ベルンシュタインは野蛮な国ですね。薬ひとつ開発できていないんだ」

もう二度と聞きたくないと思っていた声が、聞こえてきた。

顔を上げると、そこにはどうやってこの屋敷の中に入ったのか、嫌みな皇太子が、扉に凭《もた》れるようにして立っていた。

「ごきげんよう、唯央。今日も変わらず、可愛らしい」

「スピネル……っ」

□□□

「誰が彼を屋敷に入れた。すぐにお帰り願ってくれ」

アルヴィの苛立った声がした。すぐにルイスが深々と頭を下げる。

「申し訳ございません。わたくしも緊急時だからと、お断りしたのですが、どうしてもとおっしゃって、強引に……」

「なんだと」

困り果てる執事を押しのけて、中に入ったのだ。想像がつく。

ふだんならば、こんな無茶を許すわけがない。だが彼は国賓だから、警備も執事も強く言えなかったのだ。

「やぁ、アルヴィ。なんだか忙しそうだね」

「わかっているなら、お帰りいただこう。そもそも、人を訪ねる時間じゃないだろう。何時だと思っている。明け方だぞ」

「やあ、これはこれは、非常識な訪問だったね。お詫びをするよ。唯央のことを考えていたら、いてもたってもいられなくてね」

　彼は廊下に立つ侍従エアネストに命じて、たくさんの花を部屋に運び入れた。

「――なんの真似《まね》だ」

「見てのとおりの、薔薇の花。前回は花屋に手配したから、数が集まらなかった。だから今回は市場直送。ああいう商売って朝が早いから、こっちに直接持ってきた」

「辞退する。持ち帰ってくれ」

「そんなぁ。この量を持ち帰るなんて殺生だよ。それにこれは、アルヴィへの花じゃない。愛しいオメガへの花だ」

「……なんの話だ」

「可愛いオメガへの贈り物だよ。唯央。どうぞこの花を、受け取ってください」

　アモルを心配して真っ青な唯央にお構いなしで、彼はニコニコ言い放った。

　医師も看護師もいて、何本も点滴が用意されている。唯央はまだ真っ青な顔をしている状況なのに、スピネルは笑顔だった。

　この現状が見えていないのか。

　彼の呑気な口調に苛立ちを覚えたのは、アルヴィだ。

「急病人が出て非常事態だ。今、きみに関わっている暇はない」

　にべもなく帰らせようとする声に、スピネルの声が被《かぶ》さる。

「おや。せっかく病人の熱を下げる方法を、教えてあげようと思ったのに」

そこにいた全員が、一斉に目を見開いた。

「あはは、怖い怖い。皆さん目が本気すぎるよ」

どこまでも、おちゃらけた様子だ。だがこちらは、それどころではない。

「本当に熱を下げる方法を、知っているんですか！」

アルヴィより先に訊いたのは、唯央だった。

その反応を、スピネルは面白そうな顔で見る。

「熱烈に歓迎してくれて嬉しいです。今日も可愛いね」

「ふざけてないで、教えてくださいっ、その薬の名前はなんですか」

慌てている唯央に、スピネルは肩を竦めた。

「ペルラに、エメロードという高山がある。その頂上に咲く、ピンクエメラルドという花が、アルファにとっての特効薬と言い伝えられているんだ」

□□□

「ピンクエメラルド……っ？」

そのふざけたネーミングは、いったいなんなのだ。

「エメラルドって緑色でしょう。なぜその花はピンクエメラルドなんですか」

ピンク色のエメラルドは存在しない。ピンクのサファイアは存在するが、エメラルドとは色を形成する組成が違う。

唯央の疑問はもっともだった。それにスピネルが「それはね」と答える。

「この花が緑とピンクのマーブル模様だから、この名で呼ばれるようになったんです。大戦前の話だが、王室のアルファが高熱で苦しんでいたら、この花が救ってくれた前例があるんだ」

大戦前だと、百年以上も前の話だ。

「エメロードもフランス語でエメラルド。とことん緑色の石に取りつかれた話だ」

「与太話はいい。その花を採取すればいいのか」

アルヴィが性急に問うと、スピネルは頭を振った。

「エメロードは毎年、何人もの登山者が命を落とす高山だ。昨年から入山を禁止している。ピンクエメラルドが妙薬だからといって、おいそれと取りに行けるわけがない。何しろプロの登山者が、遭難する山なんだから」

さすがに誰も声が出ない。そんな危険な山に、立ち入るわけにはいかないからだ。

沈黙を破ろうとしたのか、スピネルが厳《おごそ》かに言った。

「私がその、ピンクエメラルドを持っていると言ったら？」

「薬があるんですか」

「アルヴィも、話くらいは聞いたことがあるでしょう?」

その言葉に、アルヴィは頷いた。

それに応えたのは、唯央だった。

「そのピンクエメラルドがあれば、アモルの熱が下がるんですか?」

勢い込む唯央に、スピネルは肩を竦める。

「学説もない、臨床試験もしていない言い伝えです。だけど、百年以上も王室で、語り伝えられている話だから、まんざら眉唾物でもないでしょう」

「その花を譲ってください。お金なら出します!」

藁《わら》にもすがる気持ちで、唯央は詰め寄った。しかしスピネルは皮肉そうに笑う。

「待って待って。まさか私が小銭欲しさに、こんな話をしたと思っている? 僭越《せんえつ》ながらペルラ国は天然ガス産出国だ。観光とヨット大会とカジノしか売りがない、ベルンシュタイン公国と一緒にしないで」

皮肉そうな口ぶりで彼は言ったが、それは間違っている。

アルヴィの父であり君主の大公殿下は、各国に不動産を所有しているだけでなく、カジノ経営の独占的権利を持つ、企業の筆頭株主でもある。

その総資産は世界各国のロイヤルファミリーの中でも、抜きん出ていた。

何よりベルンシュタイン公国の国民の多くが資産を保有する、リッチな国である。

観光とヨット大会とカジノだけと彼は言ったが、どれも富裕層向けのイベントだ。集まった大富豪たちは、カジノだけでなくヨットでも金を落とす。それらは公国を潤おし、国民も恩恵にあずかり、国全体を豊かにしていた。

唯央の父は、いわゆるブルーワーカーで、実家はつねに貧しかった。だが、それはオメガの子供をかかえたため、仕事に窮していたからだ。

むろんスピネルもベルンシュタイン公国の事情は把握した上での、嫌みである。

彼は見上げるようにしてアルヴィを見つめた。

「残念だったね。この国では、ロイヤルファミリーの子を救えないんだ」

「スピネル。金ではないとするなら、何が目的だ」

戯言《ざれごと》に耳を貸さず低い声で問うアルヴィに、彼は可笑しそうに笑った。

「そうだねぇ。きみとオメガの番を、解消してもらおうかな」

アルヴィの寄せられていた眉間の皺が、よりいっそう深くなる。

「お金とか財宝とか、興味ないんだ。困ったことがないから、執着しようがないしね。だからきみからいただけるものは、オメガかな。あとはそこの子供ちゃんか？」

アウラを見てアハハッと笑う皇太子を、アルヴィは鋭い眼差《まなざ》しで睨《にら》みつける。

「愚かだ」

「私は学生時代から、いや、それよりずっと前から、きみが鬱陶しかった」

ずっと前？　その言葉に引っかかった唯央が顔を上げると、スピネルと目が合う。

「年が同じだから、何かと比較され続けてきた。学業やスポーツで上位に入っても、アルヴィはトップだったとか、私の憧れの女性とアルヴィがつき合っているとか。いつでも目の前にいて、私の邪魔ばかりするきみは、憎らしいにもほどがある」

ジョークを楽しむように、彼の口調は軽やかだ。だが、その目は昏《くら》い。

憎らしい仇《かたき》を射殺《いころ》そうとする人間は、こんな瞳だろうか。

「じゃあぼくが番を解消したら、ピンクエメラルドを譲ってくれるんですか」

話に割って入ったのは唯央だったが、番を解消という一言に反応したのは、アルヴィと、そしてスピネルだった。

「本当？　本当に番を解消してくれるのですか！」

喜色満面といったスピネルに比べ、アルヴィの表情は硬く、険しくなる。

「番を解消するとは、どういう意味だ」

低く響く声で言われ、唯央は言葉が出ない。

取りつくろうような声を出したのは、意外にも元凶のスピネルだった。

「いやいやいや。怖い声を出さないで。これは唯央の思いやりだよ」

「きみには訊いていない。私と唯央の話なんだ。黙っていてもらおう」

「アルヴィ、きみらしくもない。落ち着きたまえよ」

「私は落ち着いている。きみには関係ない話だ。出ていってもらおうか。それと私のオメガを、呼び捨てにしないでもらおう」

心臓に刺さるような声音に、誰も何も言えなくなってしまった。だが唯央は意を決して話し始めた。

「番を解消しようっていっても、アモルの回復が第一と考えて……」

「いかなる理由があろうと、番は解消しません」

取り繕おうとしたがアルヴィは、にべもない。

(この人はアモルが大事ではないのか)

唯央の心の中で、またしてもミルクが揺れる。揺れすぎて、グラスの周りに飛び散って、びしゃびしゃになっている。

猜疑心《さいぎしん》が湧いているのだ。

(アモルを愛しているなら、番など、どうでもいいじゃないか)

どうして、わかってくれないのだろう。

今は唯央よりも、アモルが優先だということを。

「緊急事態だよ。番とか言っている場合じゃない。あの子のためならなんでも……」

「いかなる理由があろうとも、と言いました。聞こえませんでしたか」

取りつく島もない。

ふだん、どんなくだらないことにも耳を傾けてくれたアルヴィが、話を遮り、言いたいことだけを言う異常事態。

鋭い形相で、自分を睨みつけている。こんな彼は初めてだ。

「唯央」

気づくと唯央の瞳から涙が、零れ落ちていた。

「泣かないで」

あふれた水滴は、ぽたぽた胸もとを濡らす。アルヴィはその涙を拭うように、優しく唇で頬を撫でた。

「アモルを助けたい」

唯央の声は細く、頼りなかった。

「アウラもアモルも、ぼくの子供だ。どっちも可愛い。愛している。見殺しにできるはずがない。愛している。……愛しているんだ」

そう言った瞬間。膝から力が抜けて床に崩れ落ちた。

「アモルを助けるためになら、なんだってやる」

突っ伏して大きな声で泣き出した唯央を、アルヴィが抱きしめた。その大きな胸に腕を突っ張って、逃れようとする。

「触るな、触るなぁ……っ」

「唯央、……唯央」

「アルヴィはアモルが可愛くないんだ。愛してないんだ。だから見捨てるんだ。アモルのパパなのに。ひどい。ひどいよ……っ」

「唯央、それは違います。私だってアモルを助けたい。いや、誰もがそう願っているでしょう。……そこにいる人でなしが、例外なだけです」

囁く声に顔を上げると、悲痛な顔をしたアルヴィが、スピネルを睨みつけていた。

その表情を見て、ようやく気づく。

どうして彼が傷ついていないなんて、そんなことを思ったのだろう。

どんなに忙しくても疲れていても、帰ってくればアウラとアモルの順に、キスしてハグしていたアルヴィ。

子供の、拙い話に耳を傾けてくれたアルヴィ。

クタクタな時にも、嫌な顔ひとつしなかったアルヴィ。

たくさんの愛を子供たちにくれたのに、どうして自分はわかっていなかったのか。

「ごめんなさい……」

零れ落ちたのは、幼く頼りない声だった。

アルヴィはもう一度、唯央の頬にキスをする。

「意地悪を言って、ごめんなさい。アルヴィは子供たちのことを愛しているって、わかっている。わかっているのに……」

「ええ。私も子供が苦しいと、とても悲しい。心配で何も手につかない。だが私たちが強くあらねば。苦しくても歯を食いしばる気持ちでいなければなりません」

抱きしめられて、頬や額にキスをされた。

そうだ。強く。強く強く強く。何が起こっても強くないとダメだ。

でも。

ずーっと強くいたら、負荷をかけすぎたら、どんな鉄骨も折れてしまう。折れないように、逞《たくま》しくあるように。

子供たちにとって、親は自分とアルヴィだけなのだから。

（泣きすぎて、頭がフラフラする）

もう倒れそうだ。でも、自分が毅然《きぜん》としなくちゃならない。

そうでなければ、アモルは救えない。

この人に負けるわけにはいかないんだ。

「ピンクエメラルドがあれば、もちろん譲るよ。でも、さっきも言ったとおり、花は高山で咲いている。チャレンジしてくれる登山家など、もういない」

嘲笑する声が聞こえて、揺れる身体を押さえた。

（アモル。アモル。アモル）

(アウラと同じに大切な、ぼくの宝石)

その子が苦しんで、命も危うい。そんな時、自分は何もできないのか。

——いや。

「できることが、あるじゃん……」

その呟きは、誰の耳にも届かないぐらい、小さいものだった。

その閃きは、天啓が降りてきたみたいだった。

自分がなりたいのは、アルヴィの妃ではない。財宝も欲しくない。

ただ、アウラとアモルの親になりたい。あの愛しい子供たちの親だ。

唯央はそう思っただけで、微笑が浮かぶ。

(そうだ。ぼくにできることがある)

そっと席を外すと、廊下に出た。アルヴィとスピネルの対峙で緊張感高まる室内では誰も唯央のことなど、気にとめない。うっすらと微笑んだまま、迷わず自室へ戻った。

(必要なものは登山用のシューズと、ペラペラじゃない登山用レインコート。あと、何がいるかな。水筒、携帯食料、地図、方位磁石、それに採取した植物を入れる箱)

アモルには医師もついているから、自分がいなくても大丈夫。

アルヴィに最後の別れができなかったけれど、きっと許してくれるだろう。

自分の子がアルファとわかったのだ。きっと喜んでくれている。

そんなことを考えながら部屋のクロゼットを開けると、亡き父親が残した遺品を詰めた、大きな箱を取り出した。

「お父さんって、登山が好きだったんだよね」

実家から運んできた父の形見は、玄人《くろうと》はだしの登山グッズ。

(スピネルは入山禁止にしたぐらい険しいって言っていた。この装備で足りるかな。ペルラへ入国したら、足りないものを買い足そう)

登山素人の自分が高山に挑戦するのは、無謀を通り越し、自殺行為だ。

(それでも、やらなきゃならない時があるんだ)

荷物や靴をリュックに詰めて、部屋を出ようとした。すると。

「アウラ?」

扉を開けた向こう側には、部屋にいるはずのアウラが立っていた。

「何しているの? マチルダはどこ? 一人で部屋から出ちゃ、駄目だよ」

小さな肩に手を添えて、子供部屋に連れていこうとした。しかし、いつもなら大喜びで手を差し出す子が、大きな目に涙をいっぱい溜めている。

「アウラ、ど、どうしたの?」

唯央は担いでいた大荷物を床に置き、小さな子供の前に膝をつく。

「何を泣いているの? ざわざわしているから、気になっちゃったかな。ごめんね、アモルがちょっと、お熱を出して、それで」

話をしているあいだも、アウラの涙は止まらない。

ぽろぽろあふれた涙は、かわいそうに服まで濡らしている。

「何があったのかな。ごめんね、泣かないで。一緒にお部屋に行こう」

「う、う、う、うわぁ～んっ！」

大泣きしたアウラは、いきなり走り出した。

「アウラ、待って！」

瞬く間に階段を駆け下りたアウラは、ものすごい勢いで廊下を走り抜け、玄関へと到着してしまった。

唯央も二階の踊り場から走って一階へと駆け下りた。

間の悪いことに外で玄関周りを掃除していたメイドが扉を開けて、アウラとかち合った。

彼女は、びっくりした顔をしている。

「アウラさま？」

「アウラさま？　どうなさったので……」

驚く彼女たちの脇をすり抜け、アウラは屋敷を飛び出してしまった。

唯央が追いかけると、遠くまで走っていくアウラの姿が、みるみるうちに小さな豹へと変化していく。

「アウラァ――っ」

叫んでも、怯えたあの子の耳には届かない。

四足の獣に変わったアウラは、一瞬で視界から消えてしまった。

「アウラ……っ」

何か自分が、迂闊なことを言ったのだろうか。どうしよう。

アウラが消えてしまった。

アルヴィとアウラが獣化することを知っているのは、ごく一部。この屋敷の中でも知っている人は限られている。

でも、迷っている場合じゃない。屋敷の外に出てしまったら、車に轢かれでもしたら。

「誰か、誰か来て！　アウラが逃げた！　屋敷の外に出た、捕まえて！」

必死の剣幕で叫ぶと、次の瞬間、アルヴィが扉から飛び出した。

（アルヴィ！）

緊急事態を察したのか、彼はすごい勢いで階段を駆け下りた。

唯央も慌ててあとを追うが、アルヴィは玄関から屋敷を出て獣化すると、あっという間に走り出てしまった。

門扉までは遠い。彼らは、外に出てしまったのか。

どうしよう。どうしたらいいんだろう。

「唯央さま！」

背後から執事の声が聞こえた。小走りに近寄ってくる。服の袖で涙をぐっと拭う。

「いったい、どうなさったのです」

「わからない。部屋から出たらアウラがいて、子供部屋に帰らせようとしたら、いきなり大泣きしたんだ。それから仔豹《こひょう》の姿になって走って逃げ出しちゃって」

執事も驚いたようだが、表情には出さない。

「ご主人さまも、豹化されたのですね」

「豹になる話は、秘密なんだよね。外部に知られたら……」

悪いことしか頭を過《よぎ》らない。外部に秘密が知られてしまう。

それにアルヴィは大人だから心配いらないけれど、アウラはどうなるのだろう。

いや。以前アウラは唯央の家に、仔豹の姿で現れていた。

下手に刺激しなければ大丈夫。絶対に大丈夫。

そうわかっていても、涙があふれてきた。

「唯央さま。どうぞ、お気を確かに」

「でも、こんなことになったのは、ぼくの責任だ」

執事の話を遮って、唯央は頭をかかえてしまった。

こわい。こわいよ。アウラ、アルヴィ。

あなたたちの姿がないのが、恐ろしい。こわい。

アウラ。帰ってきて。お願い。お願い。

これから自分はペルラ国に渡って、高山に入る。登山初心者が行けるような、そんな場所じゃないらしいし、そもそも山登りなんて縁がない。

ぼくは死ぬかもしれない。

死ぬのは怖い。愛するアモルのために命を惜しむ気はないけど、それでも怖い。死んだ父や祖父母が天国にいるから怯えなくてもいいけど、やっぱり怖い。

……どうしたって、怖いんだ。

だから、いつもみたいに励まして。唯央って呼んで。小さな手で、頭ぽんぽんして。そうしたら、頑張れる。

きみとアモルとアルヴィのためなら、頑張るというのは不遜だ。でも、愛している人のために死ぬのなら本望なんだ。

人間は、歯を食いしばってでも、やらなくちゃならないことがある。

それが今だ。きみはどうか、帰ってきて。ぼくを安心させて。

お父さん。死んじゃったお祖父《じい》ちゃんお祖母《ばあ》ちゃん。助けてください。

ルーナ。力を貸して。

あなたの最愛の人と愛し子を、どうぞ守ってください。お願いします。

お月さまの力を、ぼくにください。

悲愴《ひそう》な思いに囚われていた唯央は、裏庭に建てられた東屋に人影を見た。

「あれ、まさか……」

確証もなく走り出し、人影を認めて涙があふれた。

大きい影と小さい影。二人とも、素っ裸に近い格好でテーブルに突っ伏していた。

「いた……」

自分の声が情けないぐらい、小さい。

「いた……、いた、ぞー…、こっち、こっち……」

心労が極度すぎたのと、気が抜けてしまって、唇が震え声が出ない。

どうしよう。皆に知らせたいのに。このままでいいの？

いや、違う。

こういう時に大声が出せないのは、臆病者の証拠だ。

(ちくしょう神さま、ルーナ、ぼくに力を)

唯央は精いっぱい息を吸い込み、声の限りに叫ぶ。

「いた――――っ！」

見つけた。ぼくのアルヴィ。ぼくのアウラ。ぼくの黒豹たち。

「アルヴィとアウラ、いた――――っ！　東屋にいた――――っ！」

執事に命じられて庭や道路を捜索していた使用人たちが「いたぞー」と声をかけ合って、こちらへと戻ってきてくれた。

「いたぞ、アルヴィさま！　アウラさま！」

「ああ、よかった。車道なんかに行かなくて、本当によかった」

「な、なぜ裸でいらっしゃるんだ」

「事情は詮索するな。俺らにはわからん、大変なことが起こっているのかもしれん。それより、バスローブをお持ちしろ。大きいのと、ちっちゃいのだ！」

怒号の中に、ちっちゃいの、という単語が混じっていたが、突っ込むどころではない。

二人は東屋の椅子に座り込み、ぐったりとしている。

おそらくアウラが敷地を出る直前にアルヴィが捕まえたのだろう。

アルヴィの話では、豹化するのも走るのも何倍も力がいるし、人間の姿の時とまるで違うと言っていた。今回は急な獣化だったから、それは疲れるだろう。

唯央が裏庭に入ると、使用人たちは皆が道を開けてくれる。

皆が同じように心配して、でも唯央のために道を譲ってくれるのだ。

急いで東屋に近づくと、くるっと振り返った。そして、こちらを囲むようにして見守ってくれている使用人たちに頭を下げる。

それから急いでアルヴィたちに近づいた。

一足早く駆けつけた執事が二人にバスローブを着せかけている。

幸い医師も近くにいたので、すぐに聴診器を当てて診てくれる。

「脈拍、呼吸、全て異常なしです」

その一言にホッとする。

「ありがとう。ああ、ルイス。廊下に置いてある荷物を、ここまで持ってきてくれないか」

「かしこまりました」

アルヴィの言いつけを受けて、執事が屋敷に戻るのを、なんだろうと唯央は見ていた。

アウラの髪を撫でて、その感触につくづく安堵し、そしてそれから顔を上げた。

まだ自分には、山登りが待っている。

呑気さゼロ。楽しさゼロ。娯楽もゼロ。ないないづくしのフニクリフニクラ。いや、あれは登山電車だったか。

どちらにしても、命の危険に変わりない。

でも、誰にも頼むわけにはいかない、大切なミッションだ。

(やれやれ。……さーて、行きますか)

溜息をつきつつ立ち上がり、歩き出そうとした瞬間。

何かに服を引っ張られて、ずっこけそうになった。

「うぉっ⁉」

すんでのところで踏みとどまり、転ぶのを避けた。

何に引っかかったのだと振り返ると、自分の服を摑む男の手があった。

「危ないなぁ。アルヴィ、ぼく、すっ転ぶ寸前だったよ。放して」

そう文句を言っても、彼は服を摑む手を、ゆるめようとしない。

「具合どうなの？　悪くないなら起きて、屋敷に戻ってください。困りますよ」

小言のように言って歩き出そうとすると、また服を引っ張られる。これは悪意か、悪ふざけ。もう怒ってもいいだろうかと思案する。

「アルヴィ。アウラを捕まえてくれて、ありがとう。本当に助かった。でも、なんでぼくの服を引っ張っているの？」

ちょっと引っかかったというレベルでなく、思いっきり摑んでいる。

「放しません」

ずっとだんまりだった彼が放ったのは、すごく低い声だった。

「唯央。きみはペルラへ行くつもりでしょう」

いきなり核心を衝く言葉に、ギョッとする。

「何それ。ぼくはペルラなんかに興味ないよ」

「嘘です。あなたはエメロードに登るつもりだ。登山の経験もない素人が、ガイドもつけず、ロクな装備もなしで。そんなに死にたいですか」

「そんなわけないじゃん。ぼくだって命は惜しいし。寒いの嫌いだもん。高山なんか行かない。絶対に行かない」

　軽口で誤魔化そうとしたけれど、ものすごい目で睨みつけられる。

「やはり、行くつもりなんですね」

(目力すごい。怖いよー)

　観念の溜息が洩れる。嘘に慣れていないから、すぐ露見するのだ。

「……ペルラには、ちょっと様子を見に行くつもりでした。でも、ぼくだって登山家が入れない高山なんて、怖いよ。絶対に行きませんからね」

「でも行くつもりだった。アウラが逃げなければ、きみは黙って出ていった」

　問い詰める眼が、とても怖い。逃げ出したい気持ちだ。

「唯央。オメガなんか死んでもいいから、子を守りたいと考えていませんか」

「え?」

「自分のようなオメガには、価値がない。だから、死んでも構わない。でもアモルは死なせないと考えたでしょう」

「やだなぁ、そんな……」

　そこへ執事が、こちらに近づいてくる。

「失礼いたします、アルヴィさま。お言いつけの品物です」

「ありがとう。テーブルに置いて。あとアウラを部屋に連れていっておくれ」

「いや！」

まだヘロヘロだと思っていたアウラは、大きな目を見開いて、こっちを見ている。

「アウラ、ここにいる！　アウラも、きく、けんりあるも！　唯央これ、なに！」

アウラが指さした先に視線を移すと、そのまま固まった。

執事がテーブルに置いたものは、アウラの話を聞こうとして床に置いた、登山用の靴や雨具など、わかりやすい道具の数々。

（あーあああーあー。自分の頭の悪さに涙が出そう……）

「ちょっと様子見するのに登山用具一式ですか。申し開きがあるなら、どうぞ」

「……特にございません」

学校の先生と生徒みたいな会話をしたあと、アルヴィは自然な調子で言った。

「エメロードへは、私が行きます」

バカバカしすぎる発言に、唯央は言葉を失う。

とんでもない悪夢を、見せつけられている気分だった。

「どう考えても、私のほうが適任です」

「バカなこと言わないで」

「人間ならば危険な高山ですが、私は豹化できますから苦になりません」

「そんなのダメ。絶対ダメ！」

「豹なら険しい山も、問題ないのですよ」

「ぼくのほうが適任だ。身軽だし、危険だと思ったら引き返せる。でもアルヴィは突き進むでしょう。そんなの危険すぎる。ぼくが適任なんだよ！」

「あなたでは力不足です」

「力不足ってなんだよ！　とにかく、ぼくが行く。オメガは死んでも問題ない」

　この一言を聞いて、アルヴィの様子が豹変した。

「……今、なんと言いました？」

　唯央は興奮していて、アルヴィの険しい目に気づけない。

　アウラがハラハラした様子で二人を見守るが、口を挟めなかった。

「公世子とオメガは同じじゃない。アルヴィは、ぼくなんかと違う」

「違うことなど、何ひとつありません。同じ人間です」

「違う。あなたは選ばれた、特別なアルファだ。そんなあなたを、危険な目に遭わせるわけにはいかない。ぼくが行くよ」

「許しません」

「アモルは、ぼくの子だ！」

「知っています。だが、あなたを死なせるわけにはいかない」

冷静すぎる声音に、思わずカッとしてしまった。

「死ぬことを前提に話をするのは、ナンセンスだ。それに、ぼくが遭難したとしても、誰にも迷惑はかからないじゃないか」

「そのバカげた話は何度くり返したら、気が済みますか」

「バカなことじゃない。オメガに価値なんかないのは、周知の事実だ。劣化したイキモノは、社会の忌み者だ。でもアモルもアウラも、もちろんアルヴィも違う」

「あなたは自分のことを、そんなふうに思っているのか」

「そうだよ。ただのオメガだから、消えていい。アルヴィはそのあと、新しいお妃を迎え入れればいいじゃないか」

次の瞬間、唯央はアルヴィに頬を叩かれた。

心の中のグラスが倒れる。

中のミルクが、零れて消えた。

8

誰もが無言だった。

叩いたアルヴィも、叩かれた唯央も、控えていたエアネストも、小さなアウラも。

誰も口をきかず、ただ黙っている。

その沈黙を破ったのは、アルヴィ本人だった。

「――二度と死んでもいいなどと言うな」

呆然としている唯央に、初めて向けられた厳しい物言い。

いつも、いつも、ふわふわの真綿でくるむように、大切に触れてくる人。

だけど今は違った。

強くないとはいえ、唯央の頰を叩いたのだ。

乱暴ではない。でも驚きで目が見開いたままになっている。

(アルヴィ、が、ぼく、を、叩いた)

痛みは肉体的なものではなく、心の奥深くのものだった。

「私は特別などではない。確かに公世子という立場だし、アルファでもある。だからと言って、人を犠牲にするなど許されない」

呆然としたまま、叩かれた左頬に触れる。

熱い。

「人を踏みつける人間が、人の上に立っていいわけがない」

今まで感じたことのない、不思議な痛みだった。

痛い。……痛い。

「アモルを産んだのは唯央、あなただ。だけど、あの子の父親は私。我が子が高熱で苦しんでいるのに、のうのうとしていられると思うか」

叩かれた頬は、確かに痛い。

でも、ひりつく頬は、軋《きし》んでいるみたいだ。それが悔しさなのか怒りなのか、それとも悲しみなのか、わからない。

考えているうちに、目の前がぼやけて見える。

(ちょっと叩かれたぐらいなのに、どうしてこんなに痛いのかな)

(なんでかな)

(なんで)

心の中の、ミルクは空っぽ。

それはものすごく、淋しい。頼りない。虚《むな》しい。

寄る辺ない、儚いものが渦巻いているみたいだ。

「あなたがいなくなったら、私はどうやって、生きていけばいい」

「……え？」

「私の運命の番。唯央、あなただけです。置いていかないで」

信じられない言葉に、瞠目《どうもく》する。

「ア、アルヴィ」

「私たちは、運命の番。一人で死ぬことは許さない。あなたを失うなど認めない」

彼はそう言うと、抱きしめる腕の力を強めた。

「私を置いていかないでくれ……」

彼は涙の滲んだ瞳で、唯央を見つめた。

「アルヴィ、……大丈夫。ぼくは、大丈夫だから」

そう言っても、彼は無言で頭を振るばかりだ。

まるで聞き分けのない幼児に戻ったように。

抱きしめられながら唯央の脳裏に過《よ》ぎったのは、彼の前妻ルーナのことだ。

病が発症した段階で、すでに手遅れだったそうだ。アルヴィは愛する人を救えなかったことが、深い傷になっている。

その傷があまりに深すぎて、何年経とうと、番を迎えようと心は癒えていない。

唯央が危険な山へ踏み込もうとしたから、彼は混乱してしまった。

わざとでないにせよ、唯央は彼の心を深く抉ったのだ。

「アルヴィ、つらいことを思い出させて、ごめんなさい」

気がつくと唯央の手に、温かいものが触れる。

アウラの、小さな指だった。

「ごめんね、アウラ……っ」

この子がとつぜん飛び出していったのは、偶然だろう。

でも、いつもとは違う唯央の気配に、怯えたのかもしれない。

子供は大人が思うより、ずっと敏感だ。反面、鈍感でもある。ものすごく優しくて、でも驚くほど残酷でもある。

可愛いアウラも、万華鏡みたいに色を変えた。大人がついていくのも大変だ。

でも。でもそれでも。

自分はアウラとアモルを愛している。もちろん、アルヴィもだ。

「アルヴィ、アウラ。ありがとう……」

二人を強く抱きしめ溜息をつき、これからどうしたらいいのか考える。

どうやってアモルを助けたら、いいのだろう。そう重く考えた、その時。

「盛り上がっているところ申し訳ありませんがー」

場違いすぎるほど、呑気な声がした。

スピネルだ。

彼は面白くもなさそうな顔で、東屋の前に立っている。

「あの、これはその」

「いいですよ。仲良きことは美しき哉《かな》、ってどこかの国で言うんですよね。あ、そうだ。コレいらないから、差し上げます」

彼は東屋に入ってくると、アルヴィと唯央の目の前に何かを置いた。

小さなバイアルだ。病院でしか見ないものを、なぜ彼が持っているのか。

「なんですか、これ」

警戒心丸出しに言うと、アッハッハッハと笑われる。

「いいですね。ものすごく嫌だという顔が、とてもチャーミングです」

「ふざけているのなら、帰ってください」

「そんなことを言うと、後悔しますよ。これはピンクエメラルドから抽出した、希少な薬です。あなたがたの天使が、今まさに必要としているものですよ」

その言葉を聞いて立ち上がったのはアルヴィだ。

「エアネスト!」

「はいっ」

「屋敷にいる医師に、これを渡せ。すぐに成分分析をするようにと」

「かしこまりました」

そばに控えていたエアネストに薬を託すと、彼は屋敷へと走った。幸い、医師はまだ帰っていなかった。

「ピンクエメラルドの薬……、持っていたんですか」

「それはもちろん。我々アルファにとって有事の際の命綱ですから」

飄々《ひょうひょう》と答えられて、唯央は拳を握りしめる。

「学説も臨床試験もしていない、言い伝えだったのでは？」

「そんなこと言いましたか？」

（本気で渾身のグーパンを、お見舞いしてやりたい……っ）

絶対に考えてはならないことを、ブツブツ反芻する。もちろん、空想だ。

「スピネル」

低い声で皇太子を呼んだのは、アルヴィだ。

無表情だが唯央とアウラが凍りつくぐらい、とてつもなく怖い顔だった。

「なになにアルヴィ」

対して皇太子は能天気だ。どうやらアルヴィの表情も、場の空気も読めないらしい。

（な、殴られる……）

そもそもアルヴィはスピネルに対して、いい感情を持っていない。その上、子供の窮状を見ても、ずっと沈黙していた。さも面白いものを見る目つきだ。

(ダメ、だめだよ。いくら友人だといっても、それは学生時代の話。もうお互い公人なんだ。事と次第によっては国際問題に発展しちゃうよ)

誰か止めてくれ。だが側近も執事たちも、遠巻きに見るばかりだ。

(ぼくが出たら、また拗《こじ》れる。どうしよう。どうしたら丸く収まるんだろう)

アルヴィが憎しみのこもった目で、スピネルを睨みつけている。

(こんな時ルーナがいてくれたら。彼女なら、きっとうまくやれる)

美しく聡明なあの人ならば、全てを丸く収めてくれるはずだ。

でも自分ではダメ。かえって争いを広げるだろう。足手まといだから。

(ルーナ、もう一回! もう一回だけ力を貸して! お願いします、お願い!)

とうとうアルヴィが手を伸ばそうとした瞬間。

「だめお!」

とつぜん響いたのは幼い声での、だめお。

(だめお。だめお。だめおって、……ダメよ?)

「おにちゃ、なのに、いぢわる、だめお!」

アルヴィとスピネルの一触即発を諫《いさ》めたのは、ぷんぷんした顔を隠そうともしない、アウラだった。

□□□

「アウラ、いい子だから向こうに行きなさい」

アルヴィの声にも、ちびっこは屈しない。ぷりぷりしながら、まだ言い募る。

「アウラおこったも！　おにちゃ、いぢわる！　ぱぱをいぢめるの、だめ！」

庇われている。一国の公世子である誉れ高きアルヴィが、四歳のちびっこに庇われているのだ。このシュールな図に、スピネルも言葉を失っていた。

「ぱぱ、かっこいいも！　すっごいも！　えらいも！」

困った。唯央はどう出ていいのかわからない。庇われているアルヴィも、呆然としている。いや。そこにいる大人全員が、困り果てていた。

「アルヴィ、これは、どうしたらいいのだろう」

絞り出すような声を発したのは、スピネルだった。

確かに四歳児に説教されては、大人として立つ瀬がない。

しかも彼は一国の皇太子なのだ。

「息子の失礼はお詫びを……」

謝罪しようとしたアルヴィを遮って、アウラが言った。

「おにちゃ。さみしい、の？」

沈黙を破ったのは、またしても四歳児だった。

「いえ。淋しくはありませんが」

ちびっこに敬語で答えたのは、皇太子さまだった。

「いぢわる、しちゃうの、さみちいからよ。ままが、ゆってた」

「ママ、きみのママは、――ルーナだよね」

「うん！　ママ、ちってるの？」

「うん……。知ってる。とても優しくて美しい、月の女神だ」

母親の名を出されて、とたんアウラは機嫌がよくなった。

亡き母を知る者は、すべからく仲間と認識しているようだ。

「ままの、おともだち！　じゃあ、あとでアウラの、おしっぽ、さわらせてあげる」

ここで全員が固まった。

おしっぽ。

国際問題に発展するか否かの瀬戸際に、おしっぽ。

（アウラ、よくぞ止めた。止めたけど、……おしっぽって、ナニ？）

唯央も呆然自失だったが、もちろんスピネルも同じように動揺しているようだ。顔が硬直している。

「お、お、……おしっぽ、かぁ」

震えながらくり返す皇太子に、アウラは「うん」と頷いた。

「ままね、アウラのおしっぽ、だいちゅきなの。いっつも、なでてくれたの」

「そうなんだ」

「そう、よぉ」

今は亡き妃の話に、アウラと皇太子は意気投合していた。

「きみのママはね、気高く美しい人だった。映画女優で、絶世の美女だと、誰もが絶賛していた。私は自分のことのように、誇らしかった」

「う」

「それなのに、ベルンシュタイン公国の公世子と、いきなり結婚するとなって引退を表明して、世界中が大騒ぎで――」

それから彼は、悲しそうな笑みを浮かべる。

「引退して、幸福に暮らしていた。それなのに、病であっという間に亡くなった」

いつもの軽薄で腹黒い様子は、微塵《みじん》も見えない。

そこには深く傷ついた、悲しい男の子がいるだけ。

年齢でなく彼の魂は、少年のままなのだ。

「まま、おつきさまに、なるんだって」

小さな指が、蒼穹《そうきゅう》を示す。そこには白い月が、美しく輝いていた。

スピネルはその指に誘われるまま、空を見つめている。

「……月に」

「うん。おつきさまになって、アウラといっしょ、よって」

「そうか。いいね。羨ましいな」

「おにちゃも、みてるお」

「は、……はは」

この一言に、スピネルはふいを突かれたようだ。

「見ているかな」

「みてるお。まま、すっごいもん」

「うん。ルーナは、いつもすごい。子供の薬を隠し持っていて、最後まで渡さなかったダメな私のことを、ルーナは嫌いになっただろう」

「ならないお」

「そうだね……」

「あのね、アウラのおしっぽ、さわるとママも、だいじょうぶ、なの」

「……そうなの？」

「そぉよお、お」

いきなりスピネルはアウラの前に膝をつき、小さな身体を抱きしめた。

「きゃうっ」

驚いたアウラが、変な声を出す。スピネルは仰け反って、大きな声で笑った。

「あはははは！　アルヴィ、唯央、ルーナ！　なんなんだ、この天使は！」

彼はひとしきり笑うと、またしても小さな身体を抱きしめた、その時。

「アルヴィさま、唯央さま！」

先ほど屋敷の中に入っていったエアネストが、いきなり飛び出してきた。そして、大きく手を振りながら、こちらに向かってくる。

いつも冷静な彼だったが、その顔は輝くようだった。

「アモルさまの目が覚めました！　今すぐお戻りください」

唯央とアルヴィは顔を見合わせて、アウラを担ぎ上げる。そして屋敷へと走った。その後ろを追いかけ走るのは、屋敷の使用人たち。

そして、うっすらと涙を浮かべた、スピネルだった。

□□□

意識が戻ったアモルは、すぐさま病院へと搬送され、成分分析が終了したピンクエメラルドを投与される。

原因不明の発熱は、みるみるうちに下がり始めた。

「一時はどうなることかと思いましたが、これでもう安心でしょう」

医師の言葉につき添った唯央は、大粒の涙を零した。そして、アルヴィと抱き合って喜びをわかち合う。

「ありがとうございます……っ」

嬉しくて涙が止まらない。こんなに泣いたのは、いつぶりだろう。

いや、自分はしょっちゅう泣いている。でも、そのたびにアルヴィが抱きしめて、慰めてくれるのを思い出した。

「ぼ、ぼく、泣いてばっかで、恥ずかしいなぁ……」

しゃくり上げながら言って、手の甲で涙を拭おうとすると、アルヴィがハンカチを差し出してくれた。

「こ、こういう、ところが、紳士だよね、もう……っ」

そう言ってハンカチに顔を埋め、声を上げて泣いてしまった。それを見守るアルヴィは目を細め、そばにいたアウラは笑った。

医師と看護師が病室を出ていき、家族と警護のエアネストだけになった時、唯央はアルヴィにお願いをすることにした。

「お願い？　嬉しいな。あなたからおねだりを聞くのは初めてだ。なんでもどうぞ」

「ありがとう。あのね、回廊にかけてあるルーナの肖像画なんだけど」

そう話し出したとたん、部屋の隅に立っていたエアネストが、ハッとしたように視線を向けたのが目に入る。

図に乗ったオメガが、前妃の肖像画を外せと言い出すのかと警戒したのかもしれない。彼も前妃を敬愛してやまないからだ。

（あなたは本当に、人の心を摑んで離さないね、ルーナ）

思わず、しんみりしてしまう。生前の彼女に会えなかったのが、本当に悔しい。

「あの肖像画がどうしましたか」

「うん。あの回廊は人が通らなくて淋しいでしょう。だからね、一階の大広間の中央に飾り直したらどうかと思って」

唯央の提案にアルヴィとアウラ、そしてエアネストまでもが驚いた顔をする。

「いや、しかし」

「絵そのものが、すごく美しい絵画だし、名画に出演されていた女優さんだもん」

唯央の屈託ない提案に、アウラは大賛成だ。

「さんせー！　ままが、いっつもいっしょ、さいこー！」

「だよねー」

一緒に笑っている唯央の表情には、一点の曇りもない。

「アルヴィの奥さまでアウラのお母さん。みんな彼女に会いたいし、忘れたくないよ」

ルーナは唯央の願いを叶《かな》えてくれた。

いきなり仔豹になって屋敷を飛び出したアウラを、助けてとお願いした時。それにアルヴィとスピネルが、あわや一触即発になった時に助けてもらった。

思わず祈ったのは神さまじゃない。お願い助けてルーナと祈っていた。

死者は何もしない。ただ永遠の眠りについているだけ。

そう言う人もいる。だけど唯央は、そう思わない。

いつもどこかで、愛おしい人たちを見守ってくれている。たとえ他人がお願いしたとしても、家族を助けてくれる。

（……って、思うのは勝手だもんね）

「ルーナはあの家の守り神だよ。美人の守護神なんて、最高」

「ちゃいこーっ！」

アウラが大喜びで上げた声に、寝ていたはずのアモルが、ぷぐぅーと答えた。

「あれっ、アモル起きてる」

柔らかな頬っぺたを唯央は指で触れ、その温かさに目を細めた。

（しあわせ……）

温かい部屋。優しい声。大好きな人と愛しい子供。

こんなに幸福でいいのか。そう唯央が思った時。

「スピネルも帰国するらしいし、ホッとする」

あとから病院を訪れた彼は、お詫びだと言ってまた薔薇の花をよこした。

ただし、こんどは常識的な量の花束だ。

『ルーナの墓前に供えてもらえませんか』

『自分で行ってくればいいのに。彼女も喜ぶと思いますが』

にべもなくそう言った唯央に、スピネルは少年のような顔を見せた。

『今回、いろいろと褒められないことをしたから、申し訳なくて行けません』

常識的なことを言われて、唯央がビックリすると、彼はちょっと笑っていた。

『今度また来られる時に、お墓参りをしたい。アウラにも会いたいし』

そう言い残して、彼は去っていった。

白い薔薇の花言葉は『純潔』と、『深い尊敬』。

知ってか知らずか、実に彼らしい贈り物だった。

「スピネルから聞いたのだが、ピンクエメラルドは高山から採取したものを、低地で栽培することに成功していたそうだ」

「え！　じゃあ、あの時、持っていたやつは……」

「おそらく、ピンクエメラルドを独占する予定だったのだろう」

「お金持ちの国なのに……セコい」

けっきょく悪人にはなりきれなかったが、アルヴィに意地悪をすることはライフワークみたいだったので、同情しないことにする。

(自国で元気に暮らして、二度とベルンシュタインに来ないで)

身も蓋もないことを考えていると、アルヴィが自分を覗き込んでいた。

「あ、あれ？　どうかした？」

不埒《ふらち》なことを考えていたのがバレたのかと、ちょっと慌ててしまった。アルヴィはそんな唯央をどう思ったのだろう。

「あなたに、まだ話があったことを思い出しまして」

「話？」

(うひゃあ、またお小言かな。何かやっちゃった？)

「以前から感じていたのですが唯央、あなたは、屋敷から去るつもりですか」

「え……」

何がどうして、そうなった。

今まで一度も、誰にも言っていなかった不安を突っ込まれて、言葉が出ない。その動揺を見逃すようなアルヴィではなかった。

「当たりましたか。やはり、いつかは出ていくつもりだったのですね」

アウラは機嫌よく歌い始め、アモルもキャッキャとはしゃいでいる。

こんなのどかな状況で、するような話ではなかった。

「あの、こみ入っている話なので、帰ってから二人で話したいな」

「わかりました」

アルヴィは怒るでも、機嫌を悪くするでもない。ただ淡々と返事をして、子供たちを眺めている。

その姿を見ていると、涙が出そうになった。

心の中のグラスは、ずっと空っぽ。

もうミルクは注がれないのかな。もう揺れることも、零れることもないのかな。

そんなことを考え、じんわり泣けてきた。

心の中のグラスには、ミルクでなく涙が注がれるのかもしれない。

そう考えると、悲しくて仕方がなかった。

9

公務があるからと言うアルヴィとは、病院で別れた。

アモルは用心のため、もう一日入院することになり、完全看護だからと言われた唯央は、アウラと一緒に屋敷に戻った。

心配してくれた執事やマチルダ、それに使用人たちに、アモルの一日入院を伝える。

「そうですか。もう安心ですね。ようございました」

執事がそう言ってくれて、ホッと安心できた。だが、すぐに現実に戻される。

(アルヴィは夜に戻ってくれるんだよね。あー、なんか気が重い……)

ふだんなら、決して思わない重苦しさ。それを払拭したくて、アウラと一緒にバスを使うことにする。

「唯央と、おふろ！　さいこー！」

どうやらこのフレーズが気に入ったらしい。機嫌のいいアウラが可愛かった。

『あなたは、屋敷から去るつもりですか』

いきなり核心を突かれて、何も言えなかった。

もちろん、今すぐ出ていくわけじゃない。でも、アルヴィが再婚を決めたら、自分に居場所なんかない。

(だって、ぼくオメガだもん)

子供の頃から幾度となくくり返した、諦めの言葉。

でもこれは諦観だけではなく、自分を守る一言でもあった。

自分は世間に受け入れられなくて、当然なのだ。

何か危害を加えられそうになったら、ぼくはオメガですからと逃げればいい。

そうすれば精神は守られる。これ以上、傷つけられない。

そんなふうに、人との関わりを避けて生きてきた臆病者なのだ。

今もアルヴィに嫌われないうちに、彼が新しい妃を迎える前に、逃げ出したいと思っている。手負いにならないうちに、どこかに逃げ込みたい。

アルヴィにはアモルと、首筋の傷をもらった。

これらがあれば、きっと生きていける。新しい妃を受け入れられる。

「……って、説明してわかってもらえるかな」

バスを使ったあと、メイドたちがアウラの身体を拭いてくれた。ベビーパウダーのいい匂いに、心が少し安らいだ。

それから夕飯を食べ、アウラはお休みの時間なのでパジャマにお着替え。

豹化したりと慌ただしい一日だったから、ベッドに入ると一瞬で眠ってしまった。

部屋を出るとマチルダが待ち構えていたので、ご苦労さまと声をかける。

「アウラは寝ちゃったから、このままで大丈夫。マチルダも休んで」

「ありがとうございます。お疲れさまでした」

「ぼくもちょっと寝ようかな。アルヴィが帰ってきたら出迎えるから、起こしてくれるように、誰かに頼んでもらえるかな」

「かしこまりました」

それだけ伝えて、部屋に入った。

いつも清潔に、居心地よくしてもらっているから、気持ちがいい。

(でもアルヴィと話をしなくちゃね。眠いけど。頑張って起きるから。今だけ)

そうしてうとうとと眠っていた。

気がついたのは、髪に触れる優しい手の感触だ。

アウラの悪戯《いたずら》だと思わず笑う。

「おに、ちゃの髪に触る子は、アウラちゃんかなー」

ふざけて言うと、髪をぐしゃぐしゃにされた。

「残念。私です」

その声に、ぱっちり目が開く。アルヴィ。

彼も部屋着に着替えている。髪も濡れているから、シャワーを使ったのだろう。

「おかえりなさい」

「ただいま。食事も取らずに眠っていると、執事が心配していましたよ」

「あー、うん。疲れちゃったのかな。でもお腹は空いてないんだ」

「具合が悪くないのなら、構いません」

差し出されたグラスには、水が入っている。柑橘《かんきつ》類も入っているのか、いい香りだ。

「ありがとう。いただきます」

飲み始めると、意外なほど喉が渇いていたことに気づく。

一気に飲み干すと空のグラスを引き取られ、おかわりを差し出された。

「ありがとう。なんか、すっごく喉が渇いていたみたい」

「水分が足りないと、意外な病気を引き起こしたりします。小まめに飲んで」

「はーい」

まるでお父さんだ。確かにアウラとアモルの父親だけど、唯央も子供扱いだ。

「それで聞きたかったことですが」

いきなり質問がきたので、身構えてしまった。

「あ、は、はい」

「なぜ屋敷から出ていこうと考えているのでしょう」

「あの、えぇと」

「アモルも生まれたばかりだし、アウラとは妬《や》けるぐらい仲睦《なかむつ》まじい。出ていきたい理由は、私しか考えられません」

「えぇっ⁉」

　思わず引っくり返った声が出た。

　アルヴィが理由だなんて、どこをどう転がしたら、そんな結論が出るのだろう。

「アルヴィに不満なんて、あるわけないじゃん！」

「私があなたに噛みついたから。それがつらかったとか」

「ない、それはないっ。絶対ないっ。だってぼくが噛んでって言ったのは憶えてる。寝所での話だけど、忘れてない。アルヴィに問題なんて、ひとつもないっ」

「ではなぜ、この屋敷から出たいのですか」

　さらに問い詰められて、白状せざるを得ないと覚悟を決めた。

「えぇとね。アルファは公世子で、いずれは大公になられる人だよね」

「そうですね」

「だとしたら、いくら番の絆を結んでいても、お妃は必要になるでしょう？」

「なんですって？」

「だから、大公殿下に妃がいないなんて、ありえないもの。ぼくはただのオメガだし、アルヴィがお妃さまを娶《めと》るまでは一緒にいられるけど……」

「ちょっと待ってください。私が大公を継承するまでは頷けますが、どうして妃が必要なのでしょうか」

「だって、普通そうでしょう」

「普通とは、なんでしょうか」

　そんな哲学的なことを訊かれて、ハイ普通とは～と答えられるわけもない。

「普通は普通だよ。ただしアルヴィの普通は、大公殿下になってこのベルンシュタイン公国を治めていくことで……」

「その普通は、私が望む普通ではありません」

　面倒くさいことを言い出した。唯央が困り果てて、溜息をつく。

「じゃあ、どういうのがアルヴィの普通なの」

「もちろん、あなたがいて子供たちもいる、そんな平凡で幸福な普通です」

「お妃はどうするの」

「あなたになってもらえばいいけれど、ぜったいに嫌とか言い出しますよね」

「ぜったい嫌」

「だと思った。ですから考えました。あなたの立場を守り、私のそばにいてもらう方法を。でも、うまい答えは見つからない」

「うん。だからお妃がいるのが自然だと思うよ」

「そんな自然は、私が望むものではない」

「……じゃあ、どうするの」

「このままでいい」

きっぱりと言われて、呆《ほう》けてしまった。

「このまま?」

「きみがこの屋敷にいてくれて、子供たちも一緒に暮らす。妃になってくれるなら、すぐにでも迎える。嫌なら今の状態を続ける。どうですか」

「どうですかって、……どうでしょうか」

「長い歴史の中には妃のいない大公もいました。こちらは未婚ではなく既婚でしたが、夫人が早世したあと、独身を貫いたらしい。だから、例がないわけでもない」

「それはこじつけで、やっぱりお妃さまっていうのは必要で……」

唯央の言葉は、そこで途切れた。

アルヴィはそっと唯央の手を取り、その指にくちづける。

まるで騎士が姫君に捧《ささ》げる、そんな神聖な触れ方だった。

「唯央、何度でも言いましょう。この屋敷で、ずっと暮らしてください。私とともに年を重ね、そして老いていきましょう」

「アルヴィ……」

「ここを出ていくというのなら、気が変わるまで幽閉します」

「極端すぎるよ」

「なんとでも言ってください。私は真剣です。あなたしか愛せないし、あなたとしか一緒に生きていくつもりはない」

ずるい。

こんなことを好きな人に言われて、それでも出ていくなんてあり得るわけがない。

これは唯央がぜったいにアルヴィに惚れているという、自信があっての発言だ。

「唯央」

優しく名を呼ばれて、思わず噛みついてやろうかと思った。だが、それはあっけなく失敗に終わる。なぜならば。

「泣かないで、可愛い人」

蜂蜜でチョコレートを溶かしたみたいな声で囁かれた。

「あ、あ、アルヴィは、ぜ、ぜったい、ぜったいぼくが」

「ぜったいぼくが?」

そうくり返しながら、彼の唇は唯央の指一本一本に、何度もキスをする。

「ぜったい、ぼくがアルヴィのこと、好きだって知っているから、自信満々なんだ!」

そう泣きながら言うと、大きな声で笑われた。

それから抱き寄せられ、涙を拭うにようにして、頬にくちづけられる。

「じ、自信満々すぎだよ。ぼ、ぼくがアルヴィの、もの、ものだって――」

涙があとからあとからあふれ出て、満足に話せない。

アウラが泣きじゃくった時と同じだ。

悔しい。憎らしい。苦しい。狂おしい。恋しい。――愛おしい。

「あなたは私のものですよ、そうでしょう？　私のオメガ。私だけの唯央」

涙があふれて、彼の顔が見えなくなった。

でも、すぐにくちづけられたから、そんなのどうでもよかった。

アルヴィだけが、唯央のアルファなのだから。

□□□

何度もキスをして、何度も笑った。

それからまたキスをして、お互いに触れ合う。

何度も受け入れて、知り尽くしていると思っていた彼の性器に、初めて手で触れてみる。

それは思っていたよりも大きくて、ちょっと引いた。

「どういう意味ですか。引くとは」

「うーん……。こんなに大きいもの、よく入ったなぁ、とか」

コラと怒られて、またキスをした。

そっと唇を離すと、ぼくオメガだもんと言わないでください」

「もう二度と、ぼくオメガだもんと言わないでください」

「あれっ。ぼく、口に出していた？」

「ええ。ただし夢の中で言っていたみたいですね」

夢かと思った瞬間、はぁぁーと溜息が出た。いくらなんでもいじけすぎていて、素面《しらふ》で言う言葉ではない。

「ごめんなさい……」

「何度も譫言《うわごと》で聞きました。あなたが苦しんでいるのを聞いて、悲しかった」

「あなたの苦悩は、あなただけのものです。他人が肩代わりすることなど不可能だ。でも、これからは私がいます。アウラも、もちろんアモルも」

「うん」

「私たちは不幸になるために、生まれたわけではない」

美しい金色の瞳が、まっすぐに唯央を見つめていた。

「愛し合って、幸福に生きるために存在しています」

「……はい」

「そして、あなたには私がいる。不幸などになるはずがない」

彼は唯央の額にくちづけし、そっと抱きしめてくれる。

優しくされながら、聞いたばかりの言葉に笑いが洩れそうになる。

(自信満々すぎて、笑うこともできなかった)

美しくて完璧で優美な、唯央の公世子。

唯一無二のぼくのアルファ。

彼と子供たちが唯央にとって、かけがえのない宝なのだ。

「唯央、愛しています」

「地下牢《ちかろう》に幽閉したいぐらいに?」

そう言うと彼は少しだけ呆れた顔をして、それから優しく微笑んだ。

「地下は寒そうだから、天空に浮かぶ牢獄にしましょうか」

どこか不思議なことを言う、それでも愛しい人なのだ。

唯央は自分から彼にキスをして、小さく笑った。

Epilogue

何度もくちづけて、頭の芯が蕩けそうになった。

抱きしめて、抱きしめられて。身体の奥に熱いものを受け入れて喘いだ。

「アルヴィ、ああ、ああ、きもちいい、いっちゃうよぉ」

「何回でも達してください。そのたびに、あなたが誰のものかわかるでしょうから」

突き放すようなことを言いながら、彼は決して唯央を放そうとしなかった。

「あ、アルヴィ、すき、すき……っ」

その一言が起爆剤になったように、アルヴィは唯央の肩を抱きしめるようにして、深々と突き上げた。

大きな寝台の上で、自分は解体される羊みたいな気持ちになる。

倒錯的で残酷で、ものすごく感じた。

「唯央。すばらしい。中が灼熱《しゃくねつ》のようだ。ものすごく締めつけてくる」

「ああ、ああ、ああ、ああ……」

何度も突き上げられて、甘い悲鳴が響く。

唯央はアルヴィの広い背中にしがみつき、何度も蜜を撒き散らす。

そのたびに世界が、万華鏡みたいに煌びやかに輝く。
唯央は愛しい人に抱かれながら、その極彩色の色合いを見つめていた。
エメロードという名の高山に咲く、ピンクエメラルド。
あの幻の花は、こんなところに咲いていていた。
夢の果てに咲き誇る幻影。たくさんの命を吸い込んだ山の頂《いただき》に咲く迷夢の花。
唯央の中にあるグラスには、いつの間にかミルクが満ちている。
これは自分の心なのだと、今さらながら気がついた。
『あなたには私がいる。不幸などになるはずがない』
先ほど言われた自信満々な言葉が過ぎる。
どれほどミルクが揺らされて、あふれたとしても、自分はもう不幸にはならない。
幻想の中で咲く、ピンク色のエメラルドは、風に吹かれて散っていく。
幻は、しょせん幻のまま消えゆく運命。
確かなものは、アルヴィ。
そして満ちていても決して、あふれることのない、ミルクのグラスなのだ。

end

あとがき

みんな大好きオメガバース！

応援してくださった皆様と出版社様のご厚情で、ミルクとダイヤモンドの続編を出すことが叶いました。感無量です。嬉しいな。本当にありがとうございます！

イラストは前作同様、蓮川愛先生にお願いしました。

王道美形の公世子アルヴィ様と、凛々しく可愛い唯央。ラブリーなアウラ。そして新キャラのアモル！　かわいい！　唯央が譫言のように『アウラとアモルは宝物』と言っていますが、蓮川先生のイラストが現実にしてくださいました。

蓮川愛先生、今回もすばらしい作品を、ありがとうございます。

担当様、シャレード文庫編集部の皆様。いつもお世話をおかけしております。今回も本当にありがとうございました。

営業様、制作様、販売店や書店の皆様。いつもありがとうございます。皆様のおかげで、本書が読者様にお届けできます。今後とも、よろしくお願い申し上げます。


今回めずらしくタイトルありでプロット提出させていただきました。すると担当様に、「タイトルのエメラルドの意味はなんですか」と訊かれ「なんとなく」とマヌケな答えをしました。担当様は冷静に「緑は印刷に出にくいので、気になって」さすがプロ。「ではピンクのエメラルドにします」と大真面目に答えたわたくし。

「お前いい加減にしろ」と自分で自分に突っ込みました。

将来に不安を抱く皆様。こんなでも生きていけますよ。安心してください。


読者様。いつもありがとうございます。お元気ですか。嫌なことに耐えていませんか。つらい時にはBLです。BLは心のカンフル剤。脳のAED。BLは世界を救う。

BLが読めて皆様と共有できる時代に生まれて、わたくし本当にラッキーです。

それではまた次にお逢いできることを、心から祈りつつ。

弓月あや拝

本作品は書き下ろしです

弓月あや先生、蓮川愛先生へのお便り、
本作品に関するご意見、ご感想などは
〒101-8405
東京都千代田区神田三崎町2-18-11
二見書房　シャレード文庫
「ミルクとピンクのエメラルド」係まで。

CHARADE BUNKO

ミルクとピンクのエメラルド

2022年10月20日　初版発行

【著者】弓月《ゆづき》あや

【発行所】株式会社二見書房
東京都千代田区神田三崎町2-18-11
電話　03(3515)2311［営業］
　　　03(3515)2314［編集］
振替　00170-4-2639
【印刷】株式会社 堀内印刷所
【製本】株式会社 村上製本所

落丁・乱丁本はお取り替えいたします。
定価は、カバーに表示してあります。

ISBN978-4-576-22143-4

https://charade.futami.co.jp/

CHARADE BUNKO

今すぐ読みたいラブがある!

弓月あやの本

中古の冷蔵庫を抜けると異世界でした

ららら異世界ジェムキングダム

～宝石の国へお嫁入り～

イラスト＝タカツキノボル

九人きょうだいの晶水は半自活している高校生。料理人を目標につましい生活をしていたある日、近所の古物商にあった冷蔵庫に吸い込まれ、飛ばされたのはすべてが宝石でできた国。しかも王子毒殺未遂の被告人として裁判の真っ最中！　王弟アレキサンドライトに命を救われ容疑を晴らすはずが、プロポーズされて!?